주석으로 쉽게 읽는
고정욱 삼국지 4

일러두기

1. 《고정욱 삼국지》는 기존의 여러 《삼국지》 번역본들을 비교, 대조하여 작가의 시각에서 현
   대적인 문장으로 재해석해 평역한 새로운 《삼국지》입니다.

2. 《삼국지》 원본의 장황하고 불필요한 사건이나 서술, 시, 관직, 인물명 등은 과감히 생략하여
   쉽고 빠르게 읽을 수 있도록 구성하였습니다.

3. 주석과 고 박사의 '여기서 잠깐' 코너를 통해 역사와 문학, 그리고 사상과 철학 및 지식을 쉽
   게 배울 수 있도록 하였습니다.

4. 지리적 배경에 대한 이해를 돕기 위해 간략한 지도를 주석에 삽입하였습니다.

주석으로 쉽게 읽는

고정욱
삼국지

④

꿈틀거리는 와룡

고정욱 편역

애플북스

차
례

1. 세 번이나 초가집을 찾아가다 · 7

2. 손권의 눈부신 성장 · 40

3. 피할 수 없는 승부 · 54

4. 조자룡 헌 칼 쓰듯 · 98

5. 강동을 제압한 제갈공명의 언변 · 117

6. 제갈공명과 주유의 대결 · 143

7. 전쟁의 서막 · 162

8. 폭풍 전야 · 206

1 세 번이나 초가집을 찾아가다

유비 곁을 떠난 서서는 쉬지 않고 허도로 달려갔다. 서서가 도착했다는 말에 조조 수하의 모사들이 그를 반갑게 맞아들였다.

"잘 오셨소이다. 승상께서 학수고대하고 계십니다."

승상부에 들어간 서서는 조조에게 예를 갖추었다. 조조가 기뻐하며 버선발로 뛰어나왔다.

"어서 오시오. 반갑소이다!"

반색하는 조조와 달리 서서의 표정이 심드렁하자 조조가 질책하듯 물었다.

"듣자하니 그대는 대단히 고명한 선비라던데 어찌하여 유비 같은 졸장부를 섬긴 것이오?"

서서는 조조의 심기를 건드려 좋을 것이 없다는 생각이 들었다. 소나기는 피하고 보는 게 상책이었다.

"저는 어려서부터 강호†를 떠돌던 사람입니다. 우연히 신야에서 유비를 만나 친교를 맺게 되었습니다. 그것이 전부입니다. 그런데 어머니께서 이곳에 계시다는 말을 듣고 달려왔으니, 자식 된 도리로 승상께 감사할 따름입니다."

조조가 누그러진 얼굴로 말했다.

"자당께서 여기 계시고 귀공도 이리 왔으니 조석으로 어머니를 잘 모시도록 하오. 여유가 생겨 내게 이런저런 이치를 가르쳐 주면 고맙겠소."

"받들어 모시겠습니다."

서서는 절을 하고 그곳을 빠져나왔다. 어머니의 거처로 안내를 받아 간 서서는 마당에 엎드려 큰 소리로 어머니를 불렀다.

"어머니, 소자가 왔습니다!"

난데없는 아들 목소리에 서서의 어머니는 깜짝 놀랐다.

"아니, 유 황숙을 모신다더니 네가 어찌 여기에 온 것이냐?"

"신야에서 유 황숙을 모시고 있었습니다. 그런데 어머니께서 여기에 계신다는 편지를 보내서서 불철주야 달려왔습니다. 어머니, 무사하셔서 정말 다행입니다. 이제 안심하십시오."

"뭣이라? 네가 그동안 떠돌이 생활을 오래 했기에 어미로서 걱정이 많았다. 그래도 경험을 쌓으면서 학문이 높아지고 절세의 영웅들을 만나 지혜로워졌으리라 기대했는데, 어째서 전보다 못난 놈이 되었단 말이냐?"

"그게 무슨 말씀이십니까?"

"글을 배운 네가 충과 효를 동시에 할 수 없다는 것을 어찌 깨닫지 못하고, 조조가 임금을 속이는 도적이며 간신이라는 것을 어찌 알지 못했느냐 말이다."

"아니, 그게……."

서서는 당황했다.

"조조와 달리 유현덕은 너그럽고 덕이 있는 사람이라고 온 세상에 소문이 나 있다. 게다가 그분은 한나라 황실의 자손이다. 나는 네가 그분 밑에 있다는 말을 듣고 얼마나 자랑스러웠는지 모르는데 얕은꾀에 속아 어리석게도 나를 찾아오다니……."

"어머니께서 편지를 보내지 않으셨습니까?"

서서가 편지를 보여주자 어머니는 흘끗 보고 말했다.

"간사하게 내 글씨를 모방한 편지를 보고 너는 내가 쓴 편지라 여겼단 말이냐? 글씨만 보고 내용을 짐작 못 하니 참으로 어리석은 놈이로다. 너같이 조상을 욕되게 하는 놈을 더는

강호(江湖)는 글자 그대로 해석하면 향촌을 뜻해. 한마디로 산과 물을 뜻하지. 그렇지만 진정한 뜻은 현실 정치 세계 또는 부정적인 인간 사회와 대조적인 개념이야. 다시 말해서 '조화로운 이상향'을 뜻하는 말로 쓰이고 있어.

보고 싶지 않구나. 당장 내 앞에서 사라져라!"

어머니의 호된 질책에 서서는 정신이 아득해져 땅바닥에 엎드린 채
눈물만 떨구었다.

"어머니, 어리석은 소자를 용서하소서!"

낭패감에 온몸이 떨렸다. 떨어지지 않는 발걸음을 무릅쓰고 유비에
게서 떠나왔건만, 그 편지가 조조의 속임수일 줄이야.

한참을 그렇게 엎드려 눈물을 흘릴 때였다. 갑자기 내당에서 시종이
큰 소리를 지르며 달려왔다.

"나리, 나리! 어서 와 보십시오!"

"무슨 일이냐?"

"노마님께서 그만⋯⋯."

후다닥 달려가 보니 어머니는 이미 대들보에 목을 건 채 숨이 끊어져
있었다.

"아, 어머니!"

서서는 그 자리에 주저앉아 통곡했다. 수없이 가슴을 치며 자신을 질
책했다. 자신의 섣부른 행동 때문에 어머니가 돌아가셨다고 생각하니
견딜 수가 없었다. 이 사건으로 서서의 어머니는 충절을 지닌 의로운 여
인으로 두고두고 사람들의 칭송을 받게 된다.

목 놓아 울던 서서는 정신을 잃고 기절해 깨어나지 못했다. 뒤늦게
그런 사실을 전해 들은 조조가 말했다.

"허허, 서서의 어머니야말로 진정한 의인이었구나. 그 어머니에 그 아
들이로다. 후하게 예를 갖춰 장례를 치르도록 하라."

서서는 허도의 남쪽 언덕에 어머니를 모시고 조조가 보낸 제물은 모두 돌려보냈다. 그는 조조가 불러도 나가지 않고 산소를 지켰다. 조조는 어쨌든 유비에게 도움이 되는 서서를 자기 곁에 묶어 놓았기 때문에 목적은 이루었다고 생각했다.

조조는 다시 남쪽을 정벌할 궁리에 몰두했다.

"아직도 못 다한 숙제가 있다. 남쪽의 역도들을 처리해야 할 텐데, 어찌하면 좋겠는가?"

순욱이 말했다.

"지금은 날이 추워서 군사를 일으키기에 적절치 않습니다. 봄이 되기를 기다리는 것이 어떻겠습니까?"

조조는 고개를 끄덕였다. 남쪽을 차지하고 있는 세력을 쳐부수려면 강을 건너야 하고 물에서 싸우는 수전을 피할 수 없었다. 조조가 장수들에게 명했다.

"군사들에게 육상 훈련이 아니라 수전에 대비한 훈련을 하도록 하라!"

"알겠습니다!"

조조의 장수들은 장하의 물을 끌어다 인공 호수를 만든 뒤 배를 띄워 수군을 조련하며 남쪽을 정벌할 준비를 서둘렀다.

각지의 영웅들이 패업을 위한 발걸음을 재촉할 때 유비는 서서가 남긴 말 한마디를 기억하고 있었다. 바로 제갈공명을 모시는 일이었다.

"오늘은 제갈공명을 찾아가야겠다. 예물을 준비해라!"

유비가 제갈공명을 찾아 융중으로 떠나려 채비할 때 시종이 들어와 말했다.

"밖에 비범한 도인이 찾아오셨습니다."

"그래? 안으로 모셔라!"

유비는 제갈공명이 소문을 듣고 찾아왔나 싶어 반갑게 맞이했다. 그런데 뜻밖에도 수경 선생 사마휘였다.

"수경 선생, 어서 오십시오. 이렇게 친히 찾아 주시니 정말이지 큰 위안이 됩니다."

"진작 온다는 게 늦었습니다. 서서가 여기 있다는 말을 듣고 인사나 할까 싶어 찾아왔습니다."

"아, 서서는 이곳에 없습니다."

"밖에 출타라도 했다는 말씀이십니까?"

유비는 서서가 떠나게 된 자초지종을 설명했다. 어머니의 편지를 받고 떠났다는 말을 듣고 사마휘가 혀를 찼다.

"쯧쯧쯧, 서서가 속았구려. 서서의 어머니는 무척 현명한 분이십니다. 조조가 붙잡고 있다 해도 절대로 자신을 구하러 오라고 아들에게 편지를 보내실 분이 아닙니다. 서서가 거짓 편지에 넘어갔습니다."

"어허, 그렇게 된 거군요."

"그렇습니다. 차라리 서서가 가지 않았더라면 어머니가 살아 계셨을 텐데, 서서가 뵈러 갔으니 어머니가 돌아가실 것 같구려."

"그건 또 무슨 말씀이십니까?"

"생각해 보십시오. 어머니가 의인인데 아들이 부끄럽게도 조조를 찾아갔으니 살아 계시겠습니까? 아들이 부끄러워서라도 목숨을 끊었을 것이 분명합니다."

유비는 그럴 수 있겠다는 생각이 들어 마음이 무거웠다.

"그건 그렇고 마침 잘 오셨습니다. 여쭐 게 있습니다."

"무엇이든지요."

"서서가 가면서 저에게 제갈공명을 추천했습니다. 선생께서도 진작 복룡을 추천하셨는데, 그는 어떤 사람입니까? 제갈공명에 대해 자세히 알려 주십시오."

"허허! 서서 그 친구가 자기 할 일이나 제대로 할 것이지, 공연히 초야에 묻혀 있는 사람을 번거롭게 했군요."

"왜 그러십니까? 저를 도와주기로 하지 않으셨습니까?"

"제갈공명은 분명히 훌륭한 사람이 맞습니다. 그는 근방의 내공 깊은 네 선비와 아주 가깝게 지냈습니다. 박릉의 최주평, 영천의 석광원, 여남의 맹공위†, 그리고 서서가 그들입니다. 그들은 모두 학문에 매진했는데, 그중에서도 으뜸이 바로 제갈공명입니다."

이 대목에서 몇몇 인물이 한꺼번에 언급되고 있어. 알아보고 가는 것도 좋겠지. 먼저 최주평은 태위를 지낸 최열(崔烈)의 아들이라고 알려져 있어. 그리고 석광원은 정사에 따르면 본명은 도(韜)인데, 나중에 조조가 형주를 점령한 뒤에 세상에 나가지. 군수, 전농교위 등의 벼슬을 역임했는데 이때는 무명의 선비였어. 끝으로 맹공위는 이름이 건(建)이야. 나중에 조조가 형주를 점령한 뒤 벼슬을 하여 양주 자사를 거쳐 정동장군이 되었지.

"오호, 그렇습니까?"

"재미있는 일화가 있습니다. 어린 시절 이들 선비가 함께 공부했는데 어느 땐가 제갈공명이 네 사람을 가리켜 말했습니다. 그대들은 벼슬길에 나가면 자사나 군수쯤은 할 수 있겠다고요. 그러자 친구들이 그대는 뭐가 될 것 같냐고 물었답니다."

"본인은 뭐가 된다고 했답니까? 황제라도 된다고 했습니까?"

"제갈공명은 웃고 말았다고 합니다. 그는 스스로 자신을 관중†이나 악의†에 견주었는데 그 재주는 다른 사람과 비할 수 없습니다."

유비는 사마휘의 입에 오르는 이름들이 다 쟁쟁한 사람들이라 궁금증이 생겼다.

"어찌하여 영천에서 천하의 인재들이 많은 것입니까?"

"과거에 천문학자들이 별이 무리 지어 이곳 영천 경계에 몰려 있어서 어진 선비와 큰 인물이 많이 나온다고 했다더군요."

책 좀 읽고 학문 꽤나 했던 관우가 옆에서 시큰둥한 표정으로 있다가 한마디 거들었다.

"말씀 중에 죄송합니다. 관중이나 악의는 춘추 전국 시대의 뛰어난 인물들 아닙니까? 그 공과 업적은 모르는 이가 없을 정도로 온 천하에 드높은데 제갈공명이라는 이름 없는 선비가 어찌 자신을 그들과 비교한단 말입니까? 오만함이 지나치다 느껴집니다."

사마휘가 웃으며 말했다.

"허허허, 그것은 관운장이 잘못 생각하는 것이오. 그대가 제갈공명을 못 봤기 때문이오. 오히려 나는 관중과 악의가 부족하다 생각하오. 두 사람이 아니라 제갈공명은 그보다 더한 사람과 견주어야 할 사람이오."

"그보다 더한 사람이요? 누구를 말씀하시는 겁니까?"

유비가 눈을 동그랗게 뜨고 물었다.

"주나라의 강상†이나 한나라의 장량†과 견주어도 모자라지 않소이다."

그 말에 이야기를 듣던 사람들이 하나같이 입을 떡 벌리고 다물지 못했다. 그렇게 사마휘는 이런저런 이야기와 천하의 정세를 논하다 자리에서 일어났다.

사마휘가 길을 나서자 유비가 아쉬워 만류했다. 하지만 그는 갈 길을 가면서 문득 하늘을 보고 한탄스럽게 중얼거렸다.

"아, 와룡이 주인을 얻을 모양인데 하늘이 허락하지 않는구나."

사마휘는 알 듯 모를 듯한 말을 남기고 사라졌다. 그의 뒷모습을 보고 유비가 감탄했다.

"아, 참으로 훌륭한 현자로다."

다음 날 유비는 관우, 장비와 함께 부하 몇을 데리고 융중으로 떠났다. 산 밑에서 농부들이 밭을 갈며 부르는 노랫소리가 들려왔다.

관중은 춘추 시대 제나라의 재상이야. 자기가 모시던 환공을 춘추 오패(춘추 시대 5인의 패자) 최초의 패자로 만들었어. 죽마고우 포숙아와의 깊은 우정으로 '관포지교'라는 고사성어를 탄생시키기도 했어. 제갈공명과 함께 중국의 2대 재상으로 불려.

～

악의는 전국 시대 연나라의 장군이야. 전국 시대의 대표적인 명장으로 손꼽히는 인물인데, 연나라 소왕을 도와 조·초·한·위 연합군을 이끌고 제나라를 정벌했지. 칠십여 성을 함락시켜 제나라를 멸망 직전까지 이르게 했단다.

～

강상은 강태공이라는 이름으로 널리 알려졌지. 낚시꾼을 이르는 별칭이잖아. 주나라 문왕을 도와 주나라를 건국한 일등 공신으로 은나라를 격파하고 제나라의 후로 봉해진 사람이야.

～

장량은 호가 자방으로, 한나라의 정치가이자 건국 공신이야. 소하, 한신과 함께 한나라 건국의 삼걸로 불려. 전략적인 지혜를 잘 써서 유방이 한을 세우고 천하를 통일하는 데 기여했어.

높은 하늘은 활짝 펼쳐지고

넓은 땅은 바둑판 같네

세상 사람들이 흑백으로 나뉘어

오가며 영욕을 다투지만

영화로운 자는 스스로 평안하고

치욕스러운 자는 끝끝내 바쁘구나

남양 땅에 숨은 선비가 있으니

베개 높이 괴고 잠들어 있네

의미심장한 노래를 듣고 유비가 물었다.

"그 노래는 누가 지었습니까?"

한 농부가 대답했다.

"와룡 선생이 지은 노래입니다."

"와룡 선생이 이 부근에 산다 들었습니다. 집이 어디입니까?"

"이 산 남쪽에 있는 언덕이 바로 와룡강(臥龍岡), 즉 와룡 언덕입니다. 와룡 언덕에 조그마한 초가집이 있으니 그리 가 보시지요."

"감사하오."

유비는 말을 재촉하여 달려갔다. 얼마 가지 않아 한 자락 높은 언덕이 보이는데 주변 경치가 비범하기 이를 데 없었다.

"아, 참으로 아름다운 경치로다. 과연 용이라 일컬을 만한 선비가 머무르는 집답구나."

유비가 장원 앞에 이르러 말에서 내렸다. 멀찍이서 내려 예의를 갖추려 한 것이다. 걸어가 사립문을 흔들자 동자가 나왔다.

"어디서 오신 뉘십니까?"

"나는 한나라 좌장군 의성정후 예주목 황숙인 유비다. 선생님을 뵈러 왔다고 아뢰렴."

"그렇게 긴 이름은 다 못 외우겠습니다. 짧게 말씀해 주십시오."

"허허, 그렇구나. 미안하다. 그냥 유비가 찾아왔다고 여쭈어라."

"선생님은 지금 나가셔서 안 계십니다."

옆에 있던 장비가 성질을 부렸다.

"어린놈이 맹랑하구나. 주인이 없으면 없다고 진작 말할 것이지, 어른을 두고 놀리느냐?"

"제가 알 바 아닙니다."

유비가 동자를 달래며 정중하게 물었다.

"그래, 선생님은 지금 어디 계시느냐? 어디를 가셨느냐?"

"어디 간다고 말씀하고 다니시지 않습니다. 한번 나가시면 열흘도 좋고 한 달도 좋으세요."

"아, 오늘은 못 뵈려나."

유비는 허탈했다. 장비가 어린 동자에게 퉁바리를 먹어 기분이 나빴는지 투덜거렸다.

"형님, 그냥 돌아가십시다. 없다는데 뭐 어쩌겠습니까?"

"아니다. 좀 기다려 보자꾸나."

그러자 관우가 거들었다.

"형님, 지금은 돌아가고 나중에 사람을 보내서 있는지 없는지 알아본

다음에 오시는 게 좋지 않겠습니까?"

"그럼 그러자꾸나."

관우의 말이 합리적이라 유비는 발길을 돌렸다. 그러다 몸을 돌려 동자에게 당부했다.

"스승님이 오시면 내가 다녀갔다고 꼭 전해 다오."

돌아오는 길에 유비는 융중의 경치를 다시 한 번 살폈다. 산은 아담하고 물도 깊지 않으며 땅이 평탄한 것이 두루 적당했다. 인간 세계가 아닌 별천지 신선들이 사는 곳만 같았다.

유비 일행이 아쉬움을 뒤로하고 길을 가는데 문득 도인 풍모의 한 선비가 오솔길을 걸어 급할 것 없다는 듯 느긋하게 와룡 언덕을 향해 길을 잡았다. 비범한 용모를 보고 유비가 달려가 물었다.

"혹시 와룡 선생이십니까?"

"뉘십니까?"

"저는 유비라고 합니다."

"아하, 저는 제갈공명이 아니라 제갈공명의 친구입니다."

"그러면 존함이?"

"박릉에 사는 최주평이라 하지요."

"네, 이름을 들어 알고 있습니다."

그는 바로 수경 선생이 언급한 네 선비 중 하나인 최주평이었다.

"이렇게 뵙게 되어 영광입니다. 부디 이 기회에 저에게 가르침을 주십시오."

"가르침이라니 당치 않습니다. 이렇게 만난 것도 인연이니 잠시 대화나 나누시지요."

　두 사람은 한쪽 그늘에 앉았다.

　"어쩐 일로 제갈공명을 찾아오셨습니까? 높으신 분이 미천한 선비를 찾다니 드문 일입니다."

　"지나친 말씀입니다. 아시겠지만 천하가 어지럽습니다. 세상이 소란하고 영웅들이 저마다 세상에 나와 서로 패업을 이루겠다 큰소리치고 있습니다. 저는 제갈공명 선생의 도움을 받아 천하를 안정시키고 싶을 따름입니다."

　"허허, 공께서 천하를 바로잡으려는 것은 참으로 어진 마음에서 우러난 것이겠지요. 하지만 군사를 일으켜 적을 물리치고 난세를 평정한다는 것 역시 무상합니다. 우리 역사는 줄곧 평정하면 반란을 일으키고 또다시 평정하면 반란을 일으키는 역사가 아니었습니까?"

　"맞습니다."

　"그나마 광무제†께서 왕업을 바로 세워 나라를 평정했는데, 이백 년 동안 평화를 누리다 다시 난리가 일어났습니다. 세상은 이렇게 빛이 있으면 어둠으로 돌아가고, 다시 어둠이 빛이 되듯 난리와 평화가 반복되는 것입니다. 이

광무제는 황실 유씨 가문의 일원으로, 이름은 수(秀), 자는 문숙(文淑)이야. 한조의 창시자인 고조의 9세손으로 알려져 있어. 22년 왕망의 급진적인 개혁 조치로 한(전한)을 이은 신나라의 평판이 나빠지자 곧 군사를 일으켰어. 강력한 유씨 문중과 부유한 호족 가문들의 지원을 받아 23년 왕망을 격파하고 한(후한) 왕조를 계승했어. 그리고 2년 뒤 자신의 고향 낙양으로 수도를 옮기고 스스로 황제에 올랐지. 그 뒤 10년간 통치권을 강화하고 많은 국내 반란을 진압했어.

것을 어느 때 바로잡을지는 알 수 없습니다. 장군께서 제갈공명을 등용해 이 난리를 평정하고 평화로운 시대를 맞고 싶다는 마음은 잘 알겠으나 결코 쉬운 일이 아닐 것입니다. 부질없이 몸과 마음을 허비하며 헛수고하지 않을까 걱정됩니다."

"왜 그렇습니까?"

"예로부터 하늘의 뜻을 따르는 자는 평화롭고 뜻을 거스르는 자는 고통을 받는다 했습니다. 천지의 뜻은 사람의 힘으로 거스를 수 있는 것이 아닙니다."

유비가 고개를 끄덕이며 말했다.

"도적의 손에서 나라를 구해야 하는 것이 저의 숙명이라 생각합니다. 그러니 어찌 하늘의 운명에만 맡겨 참고 기다리겠습니까? 할 수 있는 한 최선을 다하려 합니다. 부디 지혜를 주십시오."

"저같이 어리석은 자가 무얼 알아서 말씀을 드리겠습니까? 그저 장군께서 물으시니 제 생각을 알려 드렸을 뿐입니다."

그렇게 이런저런 이야기를 나눈 뒤 유비가 물었다.

"혹시 제갈공명 선생이 어디 가셨는지 알고 계십니까?"

"나도 그를 찾아가는 길이었는데 없다 하니 헛걸음만 했습니다그려."

"그러면 저와 함께 신야로 가셔서 더 많은 가르침을 주시지요. 간절히 바랍니다."

"아닙니다. 저는 부귀공명에 뜻이 없는 사람입니다. 훗날 뵐 수 있으면 또 뵙도록 하겠습니다."

최주평은 그렇게 인사하고 돌아갔다.

유비가 다시 말에 올랐을 때 장비는 입이 댓 발이나 나왔다.

"형님은 도대체 제갈공명이란 자는 만나지도 못하고 한물간 선비랑 한나절이나 이야기를 나누십니까? 도대체 무슨 소리를 하는지 하나도 알아들을 수가 없습니다."

"허허, 숨어 있는 이로서 할 말을 한 것뿐이다. 네가 알아듣지 못해 그런 것뿐, 참으로 고마운 말씀이었다."

유비는 헛걸음만 하고 신야로 돌아갔다.

그 뒤에도 유비는 수시로 사람을 보내 제갈공명의 소식을 알아보게 했다. 그렇게 얼마나 지났을까. 융중에 갔던 부하가 돌아와 고대하던 소식을 전했다.

"와룡 선생께서 댁에 계신다고 합니다."

"오, 그렇단 말이지. 어서 가 봐야겠다."

유비는 서둘러 말을 타고 융중으로 떠나려 했다. 다시 제갈공명을 만나러 간다는 말에 장비가 잔뜩 볼멘소리를 했다.

"그까짓 시골 선비를 모시러 또 간단 말입니까? 그냥 사람을 시켜서 오라면 되지."

"장비야, 어진 사람을 만나러 가는데 백 번인들 어떻고 천 번인들 어떻겠느냐? 잔말 말고 따라오너라."

사람이 유순하다 하지만 유비는 원하는 것과 공사 구별은 분명한 사람이었다. 그런 단호함이 있었기에 야수 같은 관우, 장비도 그의 말을 허투루 듣지 않았다. 두 사람은 찍소리도 못 하고 유비의 뒤를 따랐다.

때는 바야흐로 한겨울이라 바람이 차고 눈발까지 휘날렸다.

"아, 이렇게 눈도 내리고 땅도 얼어붙은 날에 꼭 쓸데없는 사람을 만나러 가야 합니까? 신야로 돌아가 이 눈보라나 피하시지요."

"아니다. 이럴 때 가면 내 정성이 더욱 돋보이지 않겠느냐? 그렇게 추위가 무서우면 너나 돌아가거라."

그러자 장비가 정색했다.

"아닙니다. 죽음도 무섭지 않은데 이까짓 추위쯤이야. 형님께서 고생하시니까 드리는 말씀입니다."

세 사람은 눈보라를 맞으며 제갈공명의 초가집으로 향했다.

그때 길가 주점에서 화로 옆에 앉아 술을 마시며 부르는 사람들의 노랫소리가 들려왔다. 노랫말을 들자니 제갈공명의 능력과 덕을 기리는 노래였다.

> 천하에 아무도 따를 자 없는 강태공조차
> 역시 못 이길 제갈공명
> 이제 누가 쉽사리 영웅을 논할꼬

그러자 다른 이가 시를 읊었다.

> 천하의 부귀공명이 무슨 상관이랴
> 이렇게 술 한잔 마시며
> 세월을 흘려보내면 행복한 것을
> 이름 남겨 무엇하리

이 한 몸 지키며 온 종일

편안히 지내면 될 것을

"하하하!"

"멋진 노래일세."

두 선비가 박장대소했다.

"노래가 의미심장하구나. 저 두 사람 중 한 사람이 틀림없이 제갈공명일 게야."

말에서 내린 유비는 헐레벌떡 주점으로 달려갔다. 주점에 앉아 있는 두 선비는 예상대로 풍모가 범상치 않았다. 얼굴이 희고 수염이 긴 선비와 용모가 기괴한 선비가 자리하고 있었다. 유비가 두 사람을 번갈아 보며 물었다.

"처음 뵙습니다. 어느 분이 와룡 선생이십니까?"

"그대는 뉘시오?"

"저는 유비라 합니다. 와룡 선생을 만나 천하를 구하고 싶어 이렇게 찾아왔습니다."

"하하하!"

두 사람은 수염을 쓰다듬으며 웃었다.

"잘못 찾아오셨소이다. 우리는 와룡이 아닙니다. 그의 친구일 따름입니다."

그들은 영천에 사는 석광원†과 여남 지방의 맹공위†였다. 이름을 듣고 유비가 기뻐했다. 그들의 이름 역시 널리 알려져 있었기 때문이다.

"아, 크나큰 영광입니다. 이곳에서 뵙게 되었습니다. 저와 함께 와룡 선생 댁으로 가셔서 담소를 나누시지요."

그들은 손사래를 쳤다.

"아닙니다, 아녜요. 우리는 게을러빠진 선비들입니다. 나라를 다스린 다든지 백성을 편하게 하는 일은 우리 관심사가 아니고 알지도 못합니다. 얼른 와룡에게 가 보시지요."

유비는 할 수 없이 인사를 나누고 말에 올라 길을 재촉했다.

유비가 제갈공명의 집 앞에 도착해 동자에게 물었다.

"오늘은 선생님이 계시느냐?"

"지금 글을 읽고 계십니다."

"오, 정말 그렇구나!"

유비가 크게 기뻐하며 동자를 따라 안으로 들어갔다. 중문 위에 멋진 글귀가 쓰여 있었다.

마음이 맑고 깨끗하니 뜻이 밝아지고

차분하고 고요하니 생각이 멀리멀리 미치네

유비가 시구를 보고 감탄할 때 안에서 시 읊는 소리가 들렸다.

천 길을 나는 봉황은

오동나무가 아니면 깃들지 않고

숨어 지내는 선비일지라도

주인이 아니면 섬기지 않는다네

밭 갈고 짓는 농사 참으로 즐거우니

나는 내 초가집을 좋아할 수밖에

거문고 뜯고 책 읽으며 지내리

하늘의 때를 얻을 때까지

시 읊는 소리를 듣고 나서 유비가 초당으로 올라가 정중히 예를 올렸다. 자고로 시를 읽으면 바른 마음이 일어나고, 예의를 지킴으로써 몸을 세우고, 음악을 들으면서 인격을 완성한다고 했다. 유비는 자신의 정중함으로 제갈공명을 자기 사람으로 만들려 했다.

"유비가 뵙기를 청합니다. 이렇게 선생을 만나 참으로 기쁠 따름입니다. 지난번에 서서가 선생을 추천해 뵙고자 했으나 뵙지 못했고, 오늘 비로소 뵙게 되니 영광이라 여기지 않을 수 없습니다."

그러자 시 읊던 젊은이가 벌떡 일어났다.

"장군은 유 황숙 아니십니까?"

"맞습니다."

"어허, 이를 어쩌나? 저희 작은형님을 뵈러 오신 걸……. 저는 제갈공명이 아닙니다."

여기서 잠깐!!

정사에 따르면 석광원은 끝까지 벼슬을 안 한 게 아니야. 건안 13년(208) 조조가 형주를 점령하자 그를 따라 북방으로 가서 군수, 전농교위 등을 역임하거든. 늘 인재를 모으던 조조를 따라간 듯해. 그런 것을 보면 유비가 조조에 비해 부족하다 여긴 듯싶기도 해.
맹공위 역시 석광원과 함께 조조에게 몸을 맡겨 양주 자사가 되고, 정동장군까지 이르렀어. 그도 제갈공명과 함께해서 자신의 재능이 묻히는 걸 원치 않았나 봐.

"와룡 선생이 아니십니까?"

"저는 그의 아우 제갈균†이라 합니다."

"아, 형제가 계셨군요."

"그렇습니다. 저희는 삼 형제입니다."

"그러면 누가 장형이십니까?"

"제갈근이라고 저희 맏형이 계십니다. 강동의 손권을 모시고 있지요. 제갈공명은 저의 작은형님입니다."

유비는 안타까웠다. 이미 인재 하나가 오나라에 간 것이다.

"와룡 선생은 안 계십니까?"

"최주평 선생과 약속이 있어 어제 나갔습니다."

"어디로 가셨습니까?"

"형님은 자유로운 사람입니다. 배 타고 강호에서 놀기도 하고, 고승을 찾아 떠나기도 합니다. 마음대로 다니니 어디에 갔는지 언제 오는지 알 길이 없습니다."

두 번째 허탕을 치자 유비는 한숨이 나왔다.

"아, 나는 어찌하여 인재와 이토록 인연이 없단 말입니까? 참으로 박복합니다."

"기왕 이리되셨으니 차라도 한잔 드시지요."

유비는 제갈균과 마주 앉아 차를 마시며 제갈공명에 대해 물었다.

"형님은 책을 많이 읽고 병법에 능하다 들었습니다."

"죄송하지만 저는 잘 모릅니다."

제갈균은 유비의 물음에 제대로 알려 주지 않았다.

그때 장비가 어서 돌아가자고 재촉했다.

"형님, 눈보라가 심합니다. 돌아가십시다!"

"너는 어찌 그리 성미가 급하단 말이냐? 기다려라."

제갈균이 미안해하며 말했다.

"돌아가 계시면 제가 형님에게 찾아가 뵙도록 말씀드리겠습니다."

"아닙니다. 어찌 선생께 오시라 하겠습니까? 제가 다시 찾아뵙겠습니다. 편지나 한 장 남기고 갈 수 있게 해주십시오."

"그럼 그렇게 하십시오."

유비는 간곡한 마음을 담아 편지를 썼다.

존경하는 제갈공명 선생께

선생의 이름을 사모하고 존경하여 두 번이나 찾아뵈러 온 유비입니다. 오늘도 못 뵙고 돌아가야 해 섭섭한 마음 금할 길이 없습니다.

아시겠지만 지금 조정은 힘이 없고, 저는 황실의 이름을 얻고 벼슬을 얻었지만 역시 모자란 자일 뿐입니다. 악한 무리가 황제를 속이고 간신들이 떨쳐 움직이니 이들을 바로잡고 싶지만 저는 경륜이 부족합니다.

제갈균은 제갈공명의 아우야. 부친 제갈규가 죽은 뒤 제갈공명과 함께 숙부 제갈현을 따라 형주로 가서 유표에게 몸을 맡겼어. 형주는 이때 전국의 선비들이 몰려와 살기 좋은 평화로운 지역이었거든. 정사에 따르면 형인 제갈공명을 따라 융중에 머물다 유비에게 몸을 맡기게 되면서 관직이 장수교위까지 올랐다고 해. 제갈공명의 수족이 되어 보필한 것으로 추정되지만 《삼국지연의》에는 이렇다 할 활약을 한 인물로 나오지는 않아.

바라옵건대 인자하고 충성스러운 마음으로 저에게 가르침을 주십시오 분연히 일어나 강태공과 같은 재주를 보여주십시오 장자방과 같은 큰 계획을 베풀어 주시면 참으로 감사하고 고마운 일이 아닐 수 없습니다.

외람되게 글을 남기고 갑니다. 다시금 정성을 다해 찾아뵙도록 하겠습니다. 널리 헤아려 주시기 바랍니다.

제갈균에게 진심이 묻어나는 편지를 전달하고 유비는 하직 인사를 했다. 제갈공명의 집에서 돌아 나오는 길에 다리 건너편에서 다가오는 한 선비를 만났다. 두꺼운 여우 가죽옷을 입고 나귀 잔등에 올라타고 있었는데 푸른 옷을 입은 동자가 그를 따라오는 것이 아닌가. 시를 읊는 목소리를 듣는 순간 유비는 그가 와룡이 틀림없다고 생각했다. 유비가 서둘러 말에서 내려 예를 갖추었다.

"선생께서 어디를 다녀오십니까? 제가 기다리고 있었습니다."

뒤에서 그 모습을 본 제갈균이 소리쳤다.

"그분은 와룡이 아닙니다. 형님의 장인이신 황승언† 어르신입니다."

유비가 멋쩍은 얼굴로 말했다.

"아하, 그러시군요."

그러자 황승언이 물었다.

"아이고, 손님이 오신 걸 몰랐습니다. 저희 사위를 만나셨습니까?"

"못 만났습니다."

"그렇군요. 저도 사위를 찾아왔는데 헛걸음하게 생겼습니다."

유비는 기분이 좋다 말았다. 눈보라를 뚫고 돌아오는 길에 다시금 와룡 언덕을 돌아보자 마음이 울적해졌다.

세월이 흘러 꽃피는 봄이 찾아왔다. 유비는 점치는 사람을 불러 명했다.

"길일을 택해 보아라."

점쟁이가 길일을 정하자, 유비는 사흘 전부터 목욕재개하고 새 옷을 갈아입었다. 융중 와룡 언덕을 다시 찾기 위해서였다.

두 동생이 불만을 드러냈다.

"형님, 두 번이나 직접 찾아가셨습니다. 와룡이라는 자는 예의가 없는 게 분명합니다. 번번이 피하고 만나지 않으려 하니 배움이 부족한 게지요. 형님은 어쩌다 그런 자에게 혹하셨습니까?"

"아니다. 예전에 제나라 환공은 동곽의 야인을 만나러 다섯 번이나 찾아가 간신히 만났다. 내가 제갈공명 같은 현자를 만나려 하는데 어찌 수고로움을 번거롭다 하겠느냐? 만 번이라도 갈 생각이다."

장비가 다시 볼멘소리를 했다.

"형님이 몰라서 그러십니다. 그 촌놈이 무슨 현자에다 선비겠습니까? 그냥 사람을 보내서

황승언은 제갈공명의 장인이야. 그가 제갈공명의 장인이 된 데 따른 일화가 있어. 제갈공명이 신붓감을 찾고 있을 때 황승언이 이렇게 말했대.

"나에게 추한 딸이 있네. 노란 머리에 피부색은 검으나 재능은 그대의 배필이 될 만하네."

그래서 제갈공명이 혼인하기로 했다고 해. 당시 사람들은 이를 웃음거리로 삼아 "아내 고르는 일만은 공명을 따라 하지 마라."는 말이 생길 정도였대.

오라 하십시오."

유비가 화를 내며 꾸짖었다.

"너는 주 문왕[†]이 강태공을 찾아갔을 때 일도 모른단 말이냐? 문왕도 현자를 공경했는데 어찌 이렇게 무례하게 구느냐! 너는 차라리 오지 마라. 관우와 함께 가겠다."

그러자 장비가 금세 화를 누그러뜨렸다.

"아이고, 형님! 제가 안 가면 어찌하겠습니까? 가야지요."

"네가 아무래도 실례를 범할 것 같구나."

"제가 조심, 또 조심하겠습니다."

장비의 다짐을 받고 나서 유비는 길을 나섰다. 세 번째 가는 길이라 낯이 익고 눈에 띄는 사람들도 왠지 다정한 느낌이었다. 제갈공명의 초가집에 거의 다다랐을 무렵 맞은편에서 마침 제갈공명의 아우인 제갈 균이 걸어왔다. 유비가 말에서 내려 예를 갖췄다.

"지금 형님께서 댁에 계십니까?"

"네, 다행히 계십니다. 오늘은 만나실 수 있을 겁니다."

제갈균은 말 한마디를 남기고 갈 길을 가 버렸다. 장비는 버릇없다고 제갈균을 탓했다.

"저런 예의 없는 녀석! 귀한 손님을 안내도 안 하고 그냥 가?"

"놔둬라. 바쁜 사람 아니겠느냐?"

그러면서도 유비는 제갈공명을 만날 생각에 기쁨을 누르지 못했다.

"아, 가슴이 뛰는구나!"

유비는 제갈공명의 집을 향해 득달같이 달려갔다. 동자가 사립문 앞으로 나오자마자 숨을 몰아쉬며 일렀다.

"유비가 선생님 뵈러 왔다고 전해 다오."

"선생님께서 지금 낮잠을 주무시는데, 어쩌면 좋죠? 깨울까요?"

"아니다. 여쭙지 마라. 내가 기다리마."

유비는 제갈공명이 깰 때까지 기다릴 작정이었다. 집 안으로 들어가 살펴보니 제갈공명이 초당에 누워 깊은 잠에 빠져 있었다. 때는 따뜻한 춘삼월 나른한 오후였다. 유비는 두 손을 모으고 공손하고 간절한 자세로 서 있었다.

어느덧 반나절이 지났다. 그때까지 제갈공명은 일어날 생각을 하지 않았다. 밖에서 기다리던 관우와 장비가 시간이 지나도 기척이 없자 뜰 안으로 들어왔다. 유비가 벌을 받기라도 하듯 장승처럼 섬돌 아래 서 있는 모습을 보고 장비가 목소리를 높였다.

"형님, 도대체 저 선생이란 자는 어찌 저리 거만하단 말입니까? 형님을 반나절이나 세워 놓고 아직도 자는 척하는 꼴이라니……."

"아우야, 참아라!"

"에잇, 불이라도 싸질러야겠소. 불이 나도 안 일어나는지 보고 싶소."

주 문왕은 유교 역사가들이 칭송하는 성인 군주야. 덕을 행하고 노인을 공경하고 어린이를 사랑으로 보살폈으며, 현자에게 예를 다하고 자신을 낮추었대. 은나라 말기에 태공망 등 어진 선비들을 모아 국정을 바로잡고 융적을 토벌하여 아들 무왕이 주나라를 세울 수 있는 기반을 닦았지. 은의 마지막 왕인 주왕에게 포로로 잡혀 감옥에 갇혔을 때 주나라 사람들이 몸값을 지불해 풀려난 뒤 그 시대의 잔인함과 타락상을 비판하며 생을 보냈어. 은나라 말기 실질적인 천하의 주인이었지.

관우가 장비를 말리면서 밖으로 데려갔다.

얼마나 시간이 지났을까. 마침내 제갈공명이 기지개를 켜고 하품을 했다. 일어나는 줄 알고 동자가 다가가려 하자 유비가 말렸다.

"아니다. 놀라시지 않게 해라."

다시 한 시간을 더 기다렸다. 마침내 제갈공명이 몸을 뒤척이더니 잠에서 깨어났다. 사방을 살피던 제갈공명이 동자에게 물었다.

"손님이 찾아오셨느냐?"

"예, 유 황숙께서 진작에 기다리고 계십니다."

"그래? 왜 깨우지 않았느냐?"

"깨우지 말라 하셨습니다."

"옷을 갈아입고 나오마."

제갈공명은 의관을 정제한 뒤 밖으로 나와 유비를 맞았다. 제갈공명은 키가 팔척에 얼굴은 백옥 같았다. 풍채에서 느껴지는 기상은 신선의 그것과 다르지 않았다. 용모만 보아도 높은 학문의 경지가 느껴지는 사람이었다. 유비가 허리를 굽혀 예를 갖췄다.

"저를 소개하겠습니다. 저는 한나라 황실의 후손 유비입니다. 탁군에 사는 필부로서 선생의 이름을 많이 들었습니다. 두 번이나 찾아왔지만 뵙지 못했는데 오늘 이렇게 뵙게 되어 영광입니다."

"죄송합니다. 남양의 야인†이 큰 실례를 범했습니다. 게을러서 장군을 여러 차례 오시게 했으니 부끄러울 따름입니다."

제갈공명은 깍듯이 예를 갖추고 자리에 앉았다.

"제 서신은 보셨는지요?"

"봤습니다. 나라와 백성을 걱정하시는 우국 충정을 잘 알 수 있었습니다. 다만 아쉬운 것은 제 재주가 부족하다는 점입니다. 장군께서 청하시는 일을 도울 수 없다는 게 원통할 뿐입니다."

제갈공명은 겸양을 빙자하여 유비의 애를 태웠다.

"아닙니다. 사마휘 선생께서 천거하셨고, 서서가 강력하게 추천했습니다. 두 분이 헛된 말을 할 분들이 아니지 않습니까? 부디 이 몸을 비천하다 여기지 마시고 가르침을 주십시오."

"아닙니다. 두 분이 잘못 천거하셨습니다. 장군께서는 어찌하여 귀한 인재를 두고 저 같은 무명씨를 구하려 하십니까?"

"제갈공명 선생, 어찌하여 대장부가 재주를 갖고 초야에 묻혀 계시려 하십니까? 천하를 생각한다면 유비를 도와주십시오."

제갈공명이 웃으며 물었다.

"장군께선 어떠한 뜻과 경륜을 갖고 계십니까?"

유비는 비로소 자기의 생각을 알릴 기회를 얻었다.

야인은 관직 등의 벼슬살이를 하지 않은 사람을 말해. 들판에 사는 사람이라는 뜻인데 '초야에 묻혀 산다'는 말과 '강호에서 지낸다'는 말이 다 '자연 속에서 지내는 이름 없는 사람'이라는 뜻이야.

"공께서 아시겠지만 한나라는 이미 종묘사직†이 기울었습니다. 간신의 무리가 황제 곁에서 농간을 부리고 있지 않습니까? 부족한 제가 막아 보려 했지만 아는 것이 없고 지혜가 부족합니다. 부디 저를 도와주십시오. 나라를 구해 주십시오. 간절히 부탁드립니다."

제갈공명이 한참 생각한 후 대답했다.

"그렇다면 저의 계책을 들어 보시겠습니까?"

"기꺼이 듣고 그대로 어김없이 행하고 싶습니다."

유비는 의관을 정제하고 다시 자리를 잡았다. 제갈공명이 잠시 생각을 정리한 뒤 입을 열었다.

"동탁이 모반한 뒤로 천하의 호걸들이 벌떼처럼 일어났지만 지금은 그 모든 호걸을 조조가 제압한 상황입니다. 원래 조조의 형세가 원소만 못했지만 그를 쳐부술 수 있었던 것은 하늘의 도움뿐 아니라 사람의 도움이 있었기에 가능했습니다. 이제 천하의 무게중심은 조조에게 옮겨가 그를 당할 자가 없습니다. 황제를 앞세워 호령하고 있으니 그에 맞서 싸울 사람이 없어진 상태입니다."

"그렇다고 손 놓고 조조의 횡포를 바라볼 수는 없는 노릇입니다."

"아예 방책이 없는 것은 아닙니다. 먼저 강동을 얘기하자면, 손권은 이미 삼대를 이어 인심을 얻어 백성들이 그를 따르고 있습니다. 화친을 맺어 그의 힘을 빌리더라도 함께 천하를 도모할 수는 없는 형세입니다. 그런데 형주는 북쪽으로 한수, 면수에 의지해 남해까지 이르며 동쪽과 서쪽 교통의 요지가 되어 있습니다. 이곳이야말로 군사를 일으켜 천하를 도모할 수 있는 땅입니다. 하늘이 내려준 이곳을 장군께서 차지하서야 합니다. 게다가 익주는 유장†이 차지하고 있습니다. 유장은 어리석은 자입니다. 그들은 지혜로운 선비를 기다리고 있습니다. 장군께서 형주와 익주만 차지한다면 솥이 세 발로 서듯이 조조, 손권과 함께 능히 천하를 셋으로 나누어 한 모퉁이를 도모할 수 있을 것입니다. 이만하면 대업을 이루는 데 충분하다 여겨집니다. 이것이 제가 생각하는 장군을 위한 방책입니다."

제갈공명은 이어 준비해 둔 커다란 지도를 꺼냈다. 서천의 오십사 주 지도였다. 지도를 보며 제갈공명이 말했다.

"장군께서 패업을 이루시려면 이미 천시를 얻은 조조에게 북쪽은 양보하셔야 합니다. 남쪽 또한 지리적인 이점을 가진 손권이 차지하고 있으니, 어짊과 덕행으로 인심을 얻으셔서 형주를 먼저 손에 넣고 서천을 쳐서 기반을 세우면 조조, 손권과 더불어 정족지세†를 이룰 수 있습니다. 그런 뒤에 기회를 보아 중원을 차지하면 됩니다."

자고로 군자는 때를 기다려서 좋은 기회를 포착하여 행동하는 법이다. 그때가 올 때까지

종묘는 역대 임금의 신위를 모셔 놓은 사당이고, 사직은 땅과 곡식의 신께 제사 드리는 단을 만들어 모신 곳이지. 그래서 종묘사직은 흔히 왕조 시대에 국가 자체를 상징해. 이러한 제도는 왕조 시대 정신세계의 질서를 지배한 가장 대표적인 예제인 셈이야.

~

유장은 유언의 아들이야. 부친의 뒤를 계승해 감군사자 겸 익주목이 되었지. 인물이 평범하고 용렬하며 연약하고 무능하다는 평을 받았어. 훗날 유비가 삼국 시대를 여는 기틀을 마련할 촉 땅을 제공한 인물이야.

~

정족지세(鼎足之勢)는 솥발처럼 셋이 맞서 대립하는 형세를 말해. 고대에는 아궁이에 솥을 걸어 음식을 조리하지 않고 땅 위에 세워 놓고 그 아래에 장작불을 때서 조리했어. 여기서 솥을 천하에 비유한다면 다리가 국가인데, 천하가 세 권력자에 의해 균형을 이룬 형세를 말하는 거야.

제갈공명

제갈공명은 삼국 시대 촉나라의 재상이야. 이름은 량이고 와룡 선생으로도 불리지. 형주로 이주해 와 융중이란 마을에서 학문을 닦으며 농사를 지었는데, 당시 전란을 피해 온 명망 높은 학자들과 교류했어. 유비가 세 번이나 찾아가 간청한 끝에 세상에 나오게 되지.

이후《삼국지연의》의 실질적 주인공인 조조와 쌍벽을 이루는 주인공이 돼. 실제 정사에서는 중국 역사상 보기 드문 명재상으로 이름을 남겨. 유비가 죽은 뒤 227년 유비의 유언대로 위를 정벌하기 위해 북벌군을 일으키는데 이때 올린 글이 유명한〈출사표〉야. 정사에서는 뛰어난 군사 전략가라기보다 정치가와 행정가로 더 평가하고 있어.

는 만반의 준비를 함으로써 실패 없는 성공을 취한다. 제갈공명의 준비성 있는 말을 듣고 난 유비는 벌떡 일어나 그의 손을 맞잡고 예를 갖췄다. 평생 처음 맛보는 감동이라 온몸이 부들부들 떨렸다.

"제갈공명 선생의 말씀을 들으니 비로소 가슴이 활짝 트이는 것 같습니다. 답답한 마음이 풀립니다. 왜 이제야 선생을 만났는지 안타까울 뿐입니다. 하지만 어려움이 있습니다."

"무엇인지 알고 있습니다. 어진 장군께서 형주나 익주를 차지해야 하니 마음에 걸리시겠지요?"

제갈공명은 유비의 속을 들여다보듯 족집게처럼 짚어 냈다.

"맞습니다. 그 땅을 제가 어떻게 빼앗는단 말입니까?"

"제가 천문을 조금 볼 줄 압니다. 유표는 오래지 않아 세상을 떠날 테고, 유장은 그릇이 작습니다. 결국 형주와 익주가 모두 장군의 손에 들어올 수밖에 없습니다."

"그렇게만 된다면 무엇을 더 바라겠습니까?"

유비가 고개를 깊이 숙여 사례하며 제갈공명의 의사를 받아들였다. 제갈공명은 이미 천하가 셋으로 나뉠 것을 예견하고 그에 맞는 전략을 알려 준 것이다. 앞을 내다보는 경륜이 이러하니 제갈공명이야말로 당대의 걸출한 영웅이라 하지 않을 수 없었다.

유비가 제갈공명에게 큰절을 한 뒤 말했다.

"선생, 나를 도와주시오. 내가 비록 비천하고 가진 것 없으나 마땅히 가르침을 주면 따르겠습니다."

"아닙니다. 저는 밭 갈고 농사짓는 것을 낙으로 살아왔을 뿐이라 세상사에 게을러 장군의 명을 받들 수 없습니다."

"선생께서 밖으로 나오시지 않으면 이 땅에서 고통받는 수많은 백성인 억조창생이 대체 어찌 살아간단 말입니까?"

유비는 눈물을 흘렸다. 그 모습에 제갈공명은 자기도 모르게 마음이 울컥했다. 개인의 영달이 아닌 천하를 위해 간절히 청하는 유비를 보고 마음이 움직인 것이다.

"좋습니다. 장군께서 저를 버리지 않는다면 견마와 같은 노력을 다하겠습니다."

"정말이십니까? 오, 감사합니다!"

유비는 크게 기뻐하며 두 아우를 불러 제갈공명에게 예를 올리게 했다. 그리고 시종을 불러 예물을 바쳤다. 제갈공명이 한사코 안 받으려 하자 유비가 말했다.

"어진 분을 받아들이는 예의로 드리는 것이 아닙니다. 저의 마음이 이러함을 표현하는 것이니 제발 받아 주십시오."

"그러면 감사히 받겠습니다."

그날 유비와 관우, 장비는 제갈공명의 집에서 하루를 묵었다. 일을 보러 형의 집에 왔던 아우 제갈균에게 제갈공명이 말했다.

"유 황숙께서 나를 세 번이나 찾아오셨기에 더는 뜻을 저버릴 수가 없구나. 너는 집을 지키고 논밭을 잘 거두어라. 공을 이루어 유 황숙의 은혜를 갚으면 돌아오마."

이튿날 유비 일행과 제갈공명은 와룡 언덕을 떠나 신야로 돌아왔다. 정성과 마음을 다하는 태도는 영혼과 관계가 있는 법이다. 유비의 정성은 누가 가르쳐서 습득한 것도 아니고 스스로 익힌 것도 아니다. 그런 영혼이 그를 영웅으로 만든 것이다. 제갈공명 또한 바로 그런 면에 마음이 움직였다.

이때부터 유비는 제갈공명을 스승의 예로써 대했다. 같은 식탁에서 밥을 먹고 같은 침상에서 잠을 잤으며, 하루 종일 마주 앉아 천하를 경륜할 것에 대한 이야기를 나누었다. 피를 나눈 형제도 그보다 더 붙어 지내지는 못했을 것이다.

주변 정세를 두루 파악하고 난 어느 날 제갈공명이 유비에게 말했다.

"조조가 지금 호수를 만들어 군사를 조련하고 있다고 합니다. 그 목적은 강동을 치려는 것이니, 강동으로 사람을 보내 그곳 사정을 염탐해 오도록 하십시오."

유비는 곧바로 강동으로 사람을 보냈다. 드디어 잠자던 용이 세상을 향해 용틀임하는 가슴 벅찬 순간이 온 것이다.

2
손권의 눈부신 성장

손책이 예기치 않게 죽고 난 뒤 손권은 자중자애하면서 꾸준히 세력을 키워 나갔다. 먼저 그는 아버지와 형이 남긴 유업을 잇기 위해 뛰어난 선비들을 불러들였다. 사방에서 귀한 인재들이 구름같이 모여들었다. 그들을 영접해 정중히 모시자 몇 해 지나지 않아 휘하에 참모와 장수들이 즐비하게 늘어섰다. 여남 사람 여몽†이나 오군 사람 육손 같은 이들은 당대의 뛰어난 장수였다. 이러한 소문은 중원†에 있는 조조의 귀에도 들어갔다.

"강동을 저대로 크도록 내버려둘 수는 없다."

원소를 물리친 조조는 이번에는 손권의 목을 틀어쥘 방책을 강구했다. 책사들의 의견에 따라 손권의 아들을 허도에 인질로 잡아 두는 방안에 의견이 모아졌다. 군주가 제후들의 피붙이를 인질로 잡아 두는 것은 예로부터 흔히 있었던 전통이다.

조조는 사신을 보내 손권의 아들을 허도로 보내 황제를 모시게 하라고 명했다. 황제를 모시라는 건 명분에 불과했고 실제로는 인질로 잡아 두려는 술책이었다. 손권은 아들을 적의 손아귀에 맡겨 놓고 평화를 유지해야 하는 처지가 되었다. 그는 아들을 보낼 수도, 안 보낼 수도 없어 시간만 끌었다.

사정을 알게 된 모친 오 태부인이 주유와 장소를 불러 의견을 물었다. 장소가 먼저 의견을 냈다.

"조조의 책략은 제후들을 견제하기 위한 것입니다. 명을 따르지 않으면 군사를 일으켜 쳐들어올 텐데, 저희가 무슨 수로 조조의 대군을 막겠습니까? 강동의 형세가 위태로워질까 걱정입니다."

장소와 달리 주유는 강경한 입장이었다.

여몽은 여남 사람으로 처음에는 손권의 수하에서 평북도위를 지냈어. 훗날 손권을 따라 강하 태수 황조를 공격할 때 선봉을 맡아 공을 세우지.

중원은 한족의 근거지를 가리키는 말이야. 중토, 중주 등과도 통하고, 때로 중국을 의미하는 말로 변경과 대칭되는 용어야. 무협지에서는 정복해야 할 어떤 이상향의 중심지로 상징화되어 있기도 해.

"지금 주공께서는 형님과 아버지의 유업을 이어받아 여섯 군을 거느리고 계십니다. 군사들은 훈련이 잘되어 있고 식량도 넉넉합니다. 게다가 뛰어난 선비와 장수들이 모여들어 강동의 사기가 하늘을 찌르는데 굳이 아드님을 허도로 보낼 까닭이 없습니다. 아시겠지만 아드님을 허도로 보내고 나면 조조가 하라는 대로 해야 하고 부르면 어쩔 수 없이 가야 합니다. 그렇게 지낼 수는 없는 노릇입니다."

의견을 듣고 난 손권이 답답한 듯 물었다.

"그러니 어찌하면 좋겠소?"

주유가 단호하게 말했다.

"일단 거절하시고 조조가 군사를 일으키는지 면밀하게 동정을 살핀 뒤 방책을 마련하십시오."

옆에서 듣고 있던 오 태부인도 주유의 의견에 동조했다.

"나도 주 장군의 말에 찬성이네."

손권은 조조의 사신을 돌려보내고 아들을 허도에 보내지 않고 버텼다. 이 일로 손권의 속마음을 알게 된 조조는 그때부터 강동을 치려는 마음을 품었다.

"옳거니, 이자가 끝끝내 배신하겠다는 거로구나."

그렇지만 조조는 당장 군사를 일으킬 상황은 아니었다. 북쪽 변방이 불안했기 때문이다. 수시로 국경을 넘어오는 오랑캐들을 막느라 남쪽 정세를 평정할 여유가 없었다.

건안 8년(203), 손권은 오히려 군사를 일으켜 장강에서 황조와 싸움을 벌였다. 황조의 군사는 기세를 이기지 못해 후퇴했고, 손권의 부장인 능조†가 이들을 추격해 들어갔다. 그러나 능조는 방심한 나머지 황조의 부장인 감녕의 화살에 맞아 죽고 말았다. 능조의 아들 능통†은 이때 나이가 겨우 열다섯 살이었는데 죽을 각오로 있는 힘을 다해 아버지의 시신을 찾아 돌아왔다. 손권은 군사를 일으켰다가 장수만 잃은 채 실익 없는 싸움을 끝냈다.

그 무렵 손권의 아우 손익은 단양 태수를 맡고 있었다. 손익은 용모가 만형인 손책과 비슷했다. 그 역시 성품이 사납고 술을 좋아했는데 술에 취하면 장비처럼 군사들에게 매질을 해 대기 일쑤였다. 그 때문에 단양의 장수인 규람과 대원이 손익을 죽여 버리겠다고 벼르고 있었다.

그럴 즈음 고을의 현령과 장수들이 단양에 모일 기회가 있었다. 손익은 크게 잔치를 열어 그들을 대접하려 했다. 손익의 부인 서씨는 재색을 겸비한 데다 점을 잘 쳤는데 그날 본 점에 흉한 괘가 나왔다.

"오늘 점괘가 안 좋습니다. 밖에 나가지 마

능조는 강동의 장수로 능통의 부친이야. 강동의 군벌이던 엄백호가 손책에게 패해 여항으로 도망쳤을 때 마을 사람들을 거느리고 그를 공격하고 손책을 맞아들인 공을 세웠어.

～

능통은 능조의 아들로 아버지를 따라 손책에게 귀순했어. 능조가 죽었을 때 겨우 15세였지만, 부친의 뒤를 이어 그가 거느렸던 군사를 통솔하며 손권을 보필했지. 주유를 따라 적벽에서 조조군을 격파하여 공을 세웠어.

세요."

하지만 손익은 아내의 말을 듣지 않았다.

"무슨 소리요? 오늘 중요한 연회가 열린단 말이오."

손씨 집안은 머리가 좋고 용맹했으나 항상 자신을 너무 믿는 것이 문제였다. 연회에 참석한 손익은 마음껏 술을 들이켰다.

연회는 밤이 깊어서야 끝났다. 손익은 대취한 채 심복인 변홍을 앞세우고 문을 나섰다. 이미 규람과 대원의 꾐에 넘어간 변홍은 아무런 저항도 못 하는 손익을 차고 있던 칼을 빼어 단숨에 찔러 버렸다. 손익은 비명도 못 지르고 그 자리에서 죽었다.

막상 일이 벌어지자 규람과 대원은 모든 죄를 변홍에게 뒤집어씌웠다. 두 사람은 손익을 살해한 죄를 물어 변홍을 저잣거리로 끌고 나가 목을 베었다. 그리고 개가 뼈다귀를 탐하듯 태수의 부중에 들어가 손익의 재물을 빼앗고 첩과 시녀들을 차지했다. 게다가 규람은 손익의 부인인 서씨에게 흑심마저 품었다.

"나는 네 남편을 죽인 원수를 갚아 준 사람이니 너는 마땅히 나의 여자가 되어야 할 것이다. 말을 듣지 않으면 목숨이 위태로울 것이야."

서씨는 분노가 치밀었지만 지혜로운 여인답게 애써 화를 누르고 조용히 말했다.

"저는 남편을 잃은 지 얼마 안 된 몸입니다. 제가 장군을 흠모하긴 하나 이런 지경에 다른 남자를 섬기는 것은 마땅치 않사오니 조금만 기다려 주십시오. 상복을 벗은 뒤 장군을 따르겠습니다."

규람은 옳은 말이라 여겨 믿고 기다렸다.

서씨는 손익의 심복인 손고와 부영을 불러 울면서 당부했다.

"두 장군께서 내 원수를 갚아 주시오. 역적 놈들을 죽여 원수만 갚아 준다면 은혜는 절대 잊지 않겠소이다."

서씨가 말을 마친 뒤 절을 올리자 손고와 부영 또한 눈물을 흘리며 다짐했다.

"부인, 저희는 장군에게 큰 은혜를 입은 사람들입니다. 이 난리 속에서도 죽지 않고 버틴 것은 원수를 갚기 위해섭니다."

"걱정 마십시오. 반드시 원수들을 죽여 없애 버리겠습니다."

그들은 이런 사실을 손권에게 알리고 그믐날 밤을 기다렸다.

서씨는 계략을 짜고 나서 행동에 들어갔다. 제사를 지내고 상복을 벗은 뒤 향을 달인 물로 목욕을 하고 화장까지 한 다음 짐짓 미소 띤 얼굴로 규람을 집으로 불러들인 것이다. 규람은 옳다구나 싶어 허둥지둥 달려와 서씨가 권하는 대로 신나게 술을 마시고 크게 취했다.

"안으로 드시지요."

서씨가 규람을 부축해 내실로 들어갔다. 취중에도 규람은 기뻐서 연신 웃음이 나왔다.

"드디어 네가 내 여인이 되는구나, 으하하하!"

그때 서씨가 외쳤다.

"장군들, 나오시오!"

그 순간 장막 뒤에서 손고와 부영이 달려 나와 술에 취한 규람을 단칼에 베었다. 규람은 그 자리에서 고꾸라졌다.

규람을 제거한 서씨는 이번에는 대원에게 사람을 보내 술자리에 청했다. 대원은 아무런 의심 없이 서씨의 집을 찾아왔다. 하지만 마루에 오르기도 전에 손고와 부영의 칼에 맞아 즉사했다. 이어 당장 사람들을 풀어 규람과 대원의 식구들과 일당을 모조리 잡아 죽였다. 그제야 서씨는 다시 상복으로 갈아입은 다음 두 역도의 머리를 제상에 올리고 제사를 지냈다.

동생이 죽었다는 전갈을 받은 손권은 눈에 불을 켜고 단양으로 달려왔다. 하지만 이미 서씨가 두 역적을 죽인 뒤였다. 남편의 원수를 갚은 서씨의 소식이 전해지자 강동 사람들은 그녀를 칭송해 마지않았다. 서리가 내리고 추위가 닥치면 모든 풀이 말라 죽는다. 이때에도 여전히 푸른 것은 소나무와 대나무. 이들은 비로소 눈서리가 내려야 존재감을 드러낸다. 사람도 마찬가지라, 어려움을 겪어 봐야 절개가 있는지 알 수 있다. 변하지 않는 송죽 같은 절개를 지닌 서씨였다.

한편 손권은 그때까지 남아 있던 산적과 황건군 잔당을 모조리 소탕했다. 그 덕에 세력이 점점 불어나 장강에 전선이 칠천여 척이나 되었고, 그 웅장함은 강동 전역의 기세를 누르고도 남았다. 주유는 대도독이되어 수군과 육군을 총지휘하는 역할을 맡았다.

이때 손권의 어머니 오 태부인의 병세가 위태로웠다. 부인은 주유와장소에게 손권을 잘 보살펴 달라는 말을 남기고, 손권에게는 주유와 장소를 스승 모시듯 섬기라는 말을 남기고 숨을 거두었다. 손권은 성대하게 정성을 다해 장례를 치렀다.

이듬해 봄 손권은 다시 강하의 황조를 칠 방도를 모색했다.

"황조를 없애지 않으면 내가 발을 뻗고 편히 잘 수가 없소."

장소가 신중하게 말했다.

"상중이십니다. 군사를 일으키는 것은 옳지 않습니다."

주유는 다른 의견을 냈다.

"원수를 갚고자 하는데 상중인지 아닌지는 중요하지 않다고 생각합니다."

두 사람의 생각이 엇갈리자 손권은 선뜻 결단을 내리지 못했다. 그런데 울고 싶은 아이 뺨을 때리는 소식이 들어왔다. 평북도위 여몽이 들어와 손권에게 말했다.

"황조의 부장 감녕이 항복해 왔습니다. 어찌하면 좋겠습니까?"

"감녕이 어떤 자인가?"

"감녕은 원래 힘도 세고 글도 밝은 자입니다. 허리에 구리 방울을 달고 다녀서 방울 소리만 들어도 사람들이 두려워 피할 정도였습니다. 게다가 비단으로 만든 돛을 올리고 노략질을 하러 다녀 사람들이 두려워했는데, 어느 순간 잘못을 뉘우치고 행실을 바로잡았답니다. 그 뒤 유표에게 귀순했습니다."

"유표 밑에 있다가 왜 황조에게 갔는가?"

"유표가 그릇이 작다는 것을 알고 바로 동오로 오려 했답니다. 그런데 도중에 우연히 황조에게 몸을 맡기게 되었고, 저희와 전투가 벌어졌을 때 그의 화살에 능조가 당한 일은 알고 계실 것입니다. 그렇게 하구를 지켰는데 박대를 당했나 봅니다."

듣고 있던 손권이 말했다.

"출신이 도적이라고 무시했겠지."

"맞습니다. 떠돌아다니던 도적이라고 무시하는 바람에 황조에게 앙심을 품었다고 합니다. 그래서 귀순하려 했지만 지난번 전투에서 능조를 죽인 일 때문에 선뜻 감행하지 못했다고 합니다."

손권은 잠시 생각에 잠겼다. 아끼는 장수를 죽인 자가 바로 감녕이었기 때문이다.

"그래서 어찌 말했느냐?"

"우리 주공께서는 인재를 구하는 일이라면 그 무엇도 거리끼지 않는다고 했습니다. 원한 같은 건 마음에 두지 않으실 테니 걱정 말라고요. 이참에 좋은 장수를 얻으셨으니 내치지 말고 받아들이심이 옳다고 생각합니다."

손권이 고개를 끄덕이며 웃었다.

"하하하, 좋다. 감녕과 같은 장수를 얻었으니 황조는 이제 더 볼 것도 없도다."

손권이 항복을 허락하자 여몽이 감녕을 데려왔다. 감녕이 들어와 절을 하자 손권이 말했다.

"그대가 내게 와 주어 기쁘기 그지없소. 지난 일은 돌이킬 게 아니니 근심하지 말고 패업을 이룰 계책을 말해 보시오."

"감사합니다. 주공께서는 한시바삐 대업을 이루셔야 합니다. 안 그러면 조조가 먼저 일어날 것입니다. 먼저 황조를 공격하여 단번에 쳐부수십시오. 황조는 늙고 힘이 없을 뿐 아니라 군사 장비도 부족한 상태입니다. 관리들이나 백성들이 이미 마음을 접었습니다."

"그다음엔 어찌하면 좋은가?"

"황조를 쳐부순 뒤 서쪽으로 진출하셔서 파와 촉†을 장악하시면 마침내 패업을 이루실 수 있습니다."

"참으로 멋진 말이로다."

감녕의 꾀는 사실 제갈공명에 버금가는 것이었다. 제갈공명 역시 파촉 지역을 차지하라 했는데, 감녕의 뜻대로 됐다면 유비는 발붙일 땅조차 없었을 것이다.

"당장 실행토록 하자!"

손권은 주유를 도독, 여몽을 선봉장, 동습†과 감녕을 부장으로 삼아 십만 군사를 일으켰다. 감녕의 귀순을 계기로 동오가 강하를 치려고 군사를 일으켰다는 소식이 황조의 귀에 들어갔다.

"감녕 이놈이 기어이 일을 저질렀구나."

황조는 동오의 군사를 막을 만반의 준비를 마쳤다. 마침내 동오 군사들이 배를 몰고 오자 황조의 군사들이 북소리를 울리며 일제히 화살과 쇠뇌를 쏘아 댔다. 그 기세가 자못 강하여 배들이 전진하지 못하고 후퇴했다. 그러자 감녕이 동습에게 말했다.

파와 촉은 파군(巴郡)과 촉군(蜀郡)을 가리키는 말로 모두 익주에 속하는 지역이야. 파군은 14개 현을 관할하며 치소는 강주, 성터는 지금의 사천성 중경에 있어. 촉군은 11개 현을 관할하며 치소는 성도인데 지금도 수천 년 고도로 남아 있지. 유비 또한 이 지역을 기반으로 꿈을 이루려 하고 있었어.

동습은 동오의 장수야. 손책이 세력을 넓히려 회계를 쳐들어갔을 때 그곳을 지키던 엄백호를 죽이고 손책을 맞아들였어. 그때부터 손책의 부하장수가 되었지.

"이대로 물러서면 안 되오. 내가 전진하겠소!"

귀순한 지 얼마 되지 않은 감녕은 무슨 수를 써서든 공을 세워야 했다. 그는 속력이 빠른 배 백 척을 골라 각 배에 정예군을 오십 명씩 태웠다. 그리고 이십 명은 노만 젓고 삼십 명은 강철 칼을 들고 화살과 돌을 막거나 비껴가며 전진하고 또 전진하게 했다. 요즘 싸움으로 치면 돌격대 역할을 맡긴 셈이다.

마침내 적진 깊숙이 들어간 감녕의 군사들이 적선을 묶어 놓은 밧줄을 끊었다. 감녕은 적선에 올라 황조의 부하 장수 등룡을 거꾸러뜨렸고, 여몽 또한 적진 한가운데로 들어가 불을 놓았다. 그 기세에 전세가 뒤바뀌었다. 주춤하던 동오 장수들은 도망치는 황조의 군사들을 쫓아 무참한 도륙을 감행했다.

황조의 군사들은 힘을 못 쓰고 크게 패했다. 손권은 사로잡은 적의 부장 소비를 가두어 두라고 명령했다.

"내가 황조와 함께 목을 베겠다!"

손권은 기세를 몰아 하구를 총공격해 강하를 점령했다. 황조는 장수들이 죽거나 잡혀 어쩔 수 없이 형주로 후퇴했다. 하지만 감녕은 황조가 형주로 퇴각할 것을 알고 미리 군사들을 매복시켜 놓았다. 도망치던 황조 앞에 감녕이 나타나자 황조가 소리쳤다.

"이런 버릇없는 놈! 과거에 내가 네놈을 잘 대해 주었거늘 어찌하여 배신을 했느냐?"

감녕이 더욱 큰소리를 쳤다.

"네가 나의 공을 인정하기라도 했단 말이냐? 그래 놓고 이제 와서 무슨 뚱딴지같은 소리냐?"

황조는 감녕과 맞서 봤자 얻을 것이 없다는 생각에 말머리를 돌려 달아났다. 하지만 그것도 잠깐, 날아온 화살에 맞아 그대로 쓰러졌다. 이어 감녕이 달려들어 목을 벴다.

잠시 후 손권이 황조의 목을 보고 말했다.

"나무 상자에 넣어 둬라. 돌아가서 아버님 영전에 바치고 제를 올리겠다."

손권은 감녕의 벼슬을 높여 도위로 삼고 후한 상을 내렸다.

군사를 거둘 시점이 되자 사후 처리 문제가 대두되었다. 군사들을 강하에 남겨 두자니 위험이 따랐고, 기껏 얻은 땅을 버릴 수도 없었기 때문이다. 강을 건너온 것이 이렇게 불리하게 작용했다.

그런 사실을 알고 장소가 말했다.

"강하는 동오에서 멀리 떨어져 지키기 힘듭니다. 군사를 거두어 돌아가는 게 좋겠습니다. 유표가 가만히 있지 않을 테니 때를 기다렸다가 맞받아치면 그만입니다. 우리가 유표와 싸워도 불리하지 않고 잘만 하면 형주와 양양을 차지할 수도 있습니다."

"알겠소. 쓸데없이 지키느라 힘을 뺄 필요야 없지."

손권은 군사를 거두어 강동으로 돌아갔다.

그때 갇혀 있던 소비가 감녕에게 살려 달라고 간청했다. 감녕은 먼저 그를 안심시켰다.

"내 그대의 은혜를 잊지 않고 있소."

그렇지만 손권은 포로들을 처리하는 과정에 군사들에게 명했다.

"소비의 목을 베어 황조와 함께 제상에 올리고 제사를 지낼 준비를 하라!"

그때 감녕이 달려와 간청했다.

"주공, 지난날 소비가 없었더라면 저는 여전히 진흙탕을 헤매고 있을 것입니다. 그랬으면 주공을 모실 수 없었을 테니, 소비의 죄가 크지만 은혜를 갚게 해주십시오. 소비를 살려 주신다면 제 벼슬을 내놓더라도 소비의 목숨과 바꾸고 싶습니다."

손권이 물었다.

"그렇게 큰 은혜를 입었단 말인가?"

"예, 살펴 주십시오!"

"그대를 위해서라면 용서할 수 있으나 소비가 도망이라도 치면 어찌 겠느냐?"

"살려 주시는데 소비가 어찌 은혜를 모르겠습니까? 만일 그래도 도망 간다면 제 목을 내놓겠습니다."

감녕의 간절한 청에 손권은 소비를 용서하기로 했다. 그러고 나서 황조의 머리를 제물로 놓고 제사를 지낸 뒤 승리를 기념하는 술잔치를 벌였다. 그때 갑자기 누군가가 칼을 빼들고 감녕에게 달려들었다.

"이놈, 죽어라!"

감녕이 엉겁결에 의자를 들어 내리치는 칼을 막았다.

"웬 놈이냐?"

칼을 휘두른 사람은 바로 능통이었다. 아버지가 황조의 부하였던 감녕의 화살에 맞아 죽은 것을 알고 원수를 갚으려 한 것이다.

손권이 나서서 말렸다.

"자네의 억울한 마음은 내가 안다. 하지만 그때는 서로 주인이 달라서 싸웠던 것이니 용서하라. 이제 모두 나의 수하가 되지 않았느냐? 지난날의 원한은 날 봐서라도 잊어라."

능통은 자리에 주저앉아 통곡했다.

"으흐흐흑, 아버지를 죽인 원수와 어떻게 한 하늘을 이고 산단 말입니까?"

옛말에 영웅에게는 천 명의 친구도 적다고 했고 단 한 명의 원수도 많다고 했다. 능통의 마음속에 감녕은 모든 것을 다 쓸어버리고도 남을 원수였다. 그런 능통의 등을 두드리며 다른 장수들이 거듭 위로했다. 그러나 능통은 눈에 불을 켜고 감녕을 노려보았다. 손권은 두 사람을 같이 두었다간 큰일 날 것 같아 감녕에게 군사를 주고 하구로 가서 지키라고 명했다. 능통은 벼슬을 높여 주고 위로했다.

이후 동오는 조조나 유표의 공격에 대비해 군사를 기르고 장강 연안을 빈틈없이 지켰다. 손권은 수시로 대군을 이끌고 훈련했으며, 주유에게 파양호에서 수군을 조련하도록 명했다. 군사들 사이에 크나큰 싸움이 벌어질 듯한 기운이 점점 짙게 드리워만 갔다.

3
피할 수 없는 승부

강동에 갔던 정탐꾼들이 속속 돌아와 유비에게 보고했다.

"주공, 강하 태수 황조가 배신한 감녕의 손에 죽었습니다. 손권이 그 지역을 차지했습니다."

"어서 제갈공명 선생을 불러라."

유비가 제갈공명과 앞날을 의논하려 할 때 유표가 보낸 사람이 들이닥쳤다. 빨리 형주로 와 달라는 전갈이었다.

"이를 어찌 받아들여야겠소?"

유비의 물음에 제갈공명이 고개를 끄덕이며 말했다.

"보나 마나입니다. 손권이 황조를 제거해 위기를 느낀 것입니다. 주공과 함께 계책을 의논하려는 것인데 제가 모시고 가서 이야기를 들어 보고 꾀를 내겠습니다."

제갈공명과 장비를 대동하고 길을 나서다 말고 유비가 물었다.

"경승(유표의 자)을 만나면 내가 어찌 대답해야 하오?"

제갈공명이 한 가지 답안을 주었다.

"일단 지난번에 양양에서 몰래 빠져나온 일을 사과하십시오. 그러면 분명히 주공에게 강동을 쳐 달라 부탁할 것입니다. 주공께서는 절대로 그러겠노라 말씀하시면 안 됩니다. 신야로 돌아가 군마를 정비하겠다고만 하십시오."

제갈공명의 말은 정확한 사세 판단에 의한 것이었다. 유표가 부탁한다고 손권에 맞선다면 중과부적으로 애써 모은 군사들만 잃을 게 뻔했다. 유비는 가만히 고개를 끄덕였다.

마침내 유비 일행이 형주에 도착해 유표를 만났다. 유비는 먼저 유표 앞에 엎드려 양양에서 있었던 지난 일을 사죄했다.

"제가 지난번 모임에서 부득이 자리를 비웠습니다. 용서하십시오."

"아니오. 나도 이미 얘기 들었소. 아우님께서 내 생각과 달리 크게 욕을 보셨다는 말을 듣고 그 즉시 채모의 목을 베려 했지만 주위에서 말리는 바람에 용서했으니, 너그러이 헤아려 주시오. 아우님이 사죄할 일이 아니오."

"제 생각에도 채 장군이 그럴 리가 없지요. 밑에 있는 자들이 한 짓일 겁니다."

유비의 말에 유표는 안심하고 자신의 생각을 밝혔다. 제갈공명의 예측대로 황조가 죽으면서 장강 하구를 동오에 빼앗겼으니 되찾고 싶다는 이야기였다.

"아우님과 함께 잃어버린 땅을 되찾고 싶소."

긴장된 순간이었지만 유비는 조용히 말했다.

"황조는 성질이 사납고 사람을 제대로 쓰지 못해 인심을 잃었습니다. 당연히 화를 당할 수밖에 없었을 겁니다. 그런데 지금은 대단히 위험한 시기입니다."

"왜 그렇소?"

"원수를 갚기는커녕 섣불리 강동을 치려다 조조의 침공을 불러일으킬 수 있기 때문입니다. 어쩌시렵니까?"

"휴우!"

유표가 한숨을 길게 내쉬었다. 동쪽에서 손권이, 북쪽에서 조조가 호시탐탐 노리고 있어서 이러지도 저러지도 못하는 상황이 한심스럽기만 했다.

"늙은 내가 지혜가 부족하오. 게다가 병까지 들어 나랏일을 제대로 돌볼 수 없는 지경이 되었소. 그러니 아우님이 나를 좀 도와주오. 내가 죽으면 형주를 맡는 것이 좋겠소."

너그러움과 도리를 중시하는 유비는 그 말을 그저 듣고 있을 수가 없어 펄쩍 뛰었다.

"무슨 말씀을 그리하십니까? 저같이 보잘것없는 위인이 어찌 그런 무거운 소임을 맡는단 말입니까?"

정색하고 거절하는 유비에게 제갈공명이 눈치를 주었다. 너무 사양하지 말라는 뜻이었다.

그러자 유비가 조용히 말했다.

"형님 생각이 정 그러시다면 천천히 생각해 보지요."

그쯤에서 논의를 마치고 역관으로 돌아오자 제갈공명이 안타까운 표정으로 물었다.

"유경승이 형주를 드리겠다는데 어찌 거절하셨습니까? 주공께서는 지금 한 뼘의 땅도 아쉬운 상황이잖습니까?"

"형님은 나를 은혜로 거두어 주신 분이오. 그분이 힘들고 어려운 처지인데 어찌 내가 그 틈을 노려 형주를 가로챈단 말이오?"

제갈공명이 잠시 유비의 얼굴을 살폈다. 그 얼굴에 거짓이라고는 조금도 없어 보였다.

"주공께서는 참으로 어진 분입니다."

제갈공명은 자신이 제대로 된 주인을 만났다는 생각에 흡족했다. 옛 말에 어진 사람은 근심 걱정에 잠기지 아니하고, 지혜로운 사람은 자기 뜻을 정하지 못하여 망설이는 일이 없으며, 또한 용감한 사람은 옳은 일에 있어서 두려움을 이겨 낸다고 했다. 유비는 바로 그 어짊으로 일세를 풍미한 것이다.

그때 유비가 왔다는 소식을 듣고 유표의 큰아들인 유기가 찾아왔다. 유기는 유비를 보자마자 울며 하소연했다.

"숙부님, 저번에도 말씀드렸지만 계모 채씨가 저를 미워해 저는 언제 죽을지 모르는 처지에 놓여 있습니다. 아버님까지 돌아가시면 저는 살길이 없습니다. 저를 불쌍히 여기셔서 도와주시기 바랍니다."

유기가 안되긴 했지만, 엄밀히 말해 손님인 유비 입장에서 남의 집안일에 섣불리 끼어들 수가 없었다. 유비는 그저 유기의 등을 다독일 뿐이었다.

"조카의 집안일이라 내가 나설 수가 없지 않은가? 자네와 내가 피를 나눈 가까운 친족도 아니고 말일세."

"그래도 이 불쌍한 조카를 너그러이 살펴 제발 살 방도를 일러 주십시오."

유비가 옆에 있는 제갈공명을 쳐다보았다. 제갈공명이라면 이 어려움을 이겨 낼 묘책을 내줄 것이 분명했다. 유비가 제갈공명에게 계책을 묻자 그는 딴청을 부렸다.

"주공처럼 저도 사사로이 남의 집안일에 끼어들고 싶지 않습니다."

결국 유기†는 아무런 꾀도 얻지 못한 채 풀 죽은 얼굴로 돌아가려 했다. 그때 유비가 조용히 불러 귀띔했다.

"자네가 살길은 제갈공명 선생한테 지혜를 얻는 것뿐이야. 내가 내일 인사하고 오라고 자네 처소로 보낼 테니 그때 내가 말한 대로 해보게. 그것이 뭔고 하니……."

유비는 자신이 생각한 꾀를 유기에게 일러 주었다. 유기는 몇 번이고 고개를 조아렸다.

"꼭 그대로 시행하겠습니다."

유기가 감사하다며 절을 하고 처소로 돌아갔다.

다음 날 유비가 제갈공명에게 말했다.

"선생, 내가 몸이 좋지 않소이다. 유기 공자가 왔다 갔는데 내 대신 가서 답례 인사를 하고 왔으면 좋겠소."

"받들어 시행하겠습니다."

제갈공명은 유비 대신 유기의 집을 찾아갔다. 제갈공명을 기쁘게 맞이한 유기는 공손히 차를 대접하는 등 극진히 모셨다. 어제 있었던 일에 대해서는 한마디도 꺼내지 않고 이것저것 물으며 가르침을 구했다. 제갈공명도 기뻐하며 흔연히 이야기를 나누었다.

그러다 문득 유기가 말했다.

"선생님, 저에게 오래된 좋은 책이 있는데 한번 구경해 보시겠습니까?"

제갈공명이 관심을 보였다.

"무슨 책이오?"

"저쪽 누각에 따로 보관해 놓았습니다."

두 사람은 다락처럼 높이 지은 누각에 사다리를 타고 올라갔다. 누각에 오르자 제갈공명이 재차 물었다.

"그 책이 어디 있소?"

그때 유기가 갑자기 무릎을 꿇었다.

"선생님, 저를 살려 주십시오. 제 목숨을 구

유기는 유표의 장남으로 계모 채씨의 미움을 받아 늘 목숨이 위태로웠어. 결국 제갈공명에게 계책을 받아 외지로 나가 강하 태수를 맡게 되지. 유표가 죽고 나서 차남 유종이 형주를 차지하자 유비와 힘을 합쳐 하구에 주둔하면서 유비를 지원하는 역할을 해.

할 꾀를 알려 주십시오."

"나는 여기 손님으로 온 사람이오. 어찌 남의 집안일에 이래라저래라 함부로 입을 놀리겠소?"

"그렇지만 제 어려운 사정을 한번만 헤아려 주십시오."

"주제넘은 일이라 안 됩니다. 자꾸 이러시면 그만 돌아가겠소."

화를 내며 누각을 내려오려 입구로 갔더니 누군가가 사다리를 치워 버렸다. 제갈공명은 난감했다.

"어허, 이런……."

"선생님, 제가 지혜를 구하는데 말씀해 주시지 않는 것은 누군가 밀고할까 봐 두려워하심이 아닙니까? 하나 이곳에는 아무도 없습니다. 선생님 말씀을 저만 들을 수 있는 곳입니다. 제발 방도를 일러 주십시오."

그래도 제갈공명은 흔들리지 않았다.

"남의 일에 참견하며 이간질하는 것은 소인배나 하는 짓이오. 내가 어찌 계책을 일러 준단 말이오?"

"선생님께서 그리 매몰차게 대하신다면 저는 차라리 이 자리에서 죽고 말겠습니다."

유기가 칼을 뽑아 목을 찌르려 했다.

"공자, 왜 이러시오? 참으시오!"

사태가 심각해지자 제갈공명이 유기를 달랬다.

"알았소. 내가 꾀를 일러 줄 테니 이러지 마시오."

"감사합니다."

유기가 절을 하자 제갈공명이 이야기를 꺼냈다.

"공자께서도 신생과 중이†이야기를 알 거라 믿소이다. 신생은 안에 있다가 죽음을 맞았고, 중이는 멀리 도망가 화를 면했소이다."

유기는 바로 말귀를 알아들었다.

"저보고 멀리 떠나라는 말씀이시군요. 어디로 가란 말씀이십니까?"

"황조가 죽지 않았소? 강하를 지킬 사람이 없으니 공자가 강하를 지키겠다고 태수께 말씀드리면 화를 면할 수 있을 것입니다."

"아하, 맞는 말씀이십니다. 당장 시행하겠습니다."

유기가 사다리를 놓아 주어 제갈공명은 거처로 돌아왔다. 제갈공명은 유비의 조언이 아니라면 유기가 이런 꾀를 냈을 리 없다고 생각했다. 하지만 유비를 보고도 애써 모른 체했다.

얼마 후 유기가 아버지 유표에게 글을 올려 강하로 가겠다고 자청했다. 유표는 유비와 제갈공명을 불러 의견을 물었다.

"아들이 황조의 자리를 맡겠다는데, 어찌 생각하오?"

제갈공명이 기다렸다는 듯이 말했다.

신생과 중이는 춘추 시대 진나라 헌공의 아들들이야. 첫째 아들로 태자였던 신생은 곡옥 지방에서 어머니의 제사를 올린 뒤 사용한 술과 고기를 아버지 헌공에게 보냈지. 이때 헌공의 여인인 여희가 자신의 아들 해제를 왕으로 만들려고 술에 독을 넣어 헌공에게 바쳤어. 신생을 제거하려 한 거야. 헌공이 그 술을 마시기 전에 땅에 부으니 땅이 부풀고, 개와 하인에게 먹이니 개도 하인도 죽는 일이 벌어졌지. 여희는 신생이 한 일이라고 모함했어. 그 소식을 들은 신생은 여희에게 눈이 먼 헌공이 자신의 결백을 믿지 않을 것으로 여겨 스스로 목을 찔러 죽고 말았어.

하지만 신생의 이복동생인 중이는 다른 방법을 택했지. 재빨리 나라를 벗어나 무려 19년 동안 국외에 머물렀던 거야. 그 뒤 힘을 길러 진나라로 돌아와 권력을 잡고 군주가 되었어. 그가 바로 유명한 진 문공이야. 그는 타지에서 고생한 경험을 바탕으로 제후들의 패자가 되는 놀라운 업적을 쌓았어.

"강하는 전략상 아무에게나 맡기면 안 되는 중요한 곳입니다. 다행히 공자께서 스스로 가서 지키겠다 하니 이는 백성들에게 모범이 되는 행동이라 할 수 있습니다."

유비 또한 유표가 쉽게 결정할 수 있도록 자신의 역할을 한정해서 말했다.

"동쪽과 남쪽은 형님과 유기가 지키십시오. 서쪽과 북쪽은 제가 지키겠습니다."

유표는 금세 얼굴이 밝아졌다.

"조조가 지금 수군을 훈련시킨다 하니 분명히 남쪽을 치려는 것이 아니겠는가?"

"맞습니다. 하지만 걱정 마십시오. 정탐꾼을 이미 보내 놨습니다."

유비는 유표와 헤어져 신야로 돌아갔고, 유기는 군사들을 거느리고 강하로 떠났다. 걱정했던 문제가 자연스럽게 해결되었다.

자신이 가지고 있는 학식이나 혜안을 남에게 선물로 주는 것은 복된 일이다. 남을 돕는 일에 지혜를 나눠 준 제갈공명의 슬기로움은 나중에 크게 보상받는다.

그 무렵 조조는 일인지하 만인지상의 권세를 누렸다. 삼공의 직책도 없애고 권한은 자신에게 귀속시켜 모든 권력을 한손에 틀어쥐었다. 그런 뒤 비로소 장수들을 불러 남쪽 정벌에 나섰다. 먼저 하후돈을 도독으로 삼아 십만 군사를 주고 박망성으로 가라고 일렀다.

"박망성에 가서 유비가 무슨 짓을 하는지 잘 살펴보라!"

순욱이 나섰다.

"승상, 유비는 당대의 영웅일 뿐 아니라 제갈공명이라는 책사까지 거느리고 있습니다. 이제는 과거의 유비가 아니니 더욱더 신중하셔야 할 줄 압니다."

하후돈이 비웃었다.

"유비같이 간사한 자는 제가 반드시 사로잡아 승상 앞에 끌고 오겠습니다."

조조가 물었다.

"제갈공명이 대체 누구인가? 알 만한 사람을 불러오라."

그 바람에 은둔하고 있던 서서가 불려 왔다. 서서는 적극적으로 책략을 세우지는 않았지만 조조가 부르면 가고 물러나라면 물러나는 정도로 처신하며 허도에 머물고 있었다.

"그대에게 물어볼 게 있소."

"말씀하십시오."

"도대체 제갈공명이 누구인가?"

"저와는 동문수학한 친구 사이입니다. 자는 공명, 와룡 선생이라고도 불립니다."

"어떤 재주를 갖고 있소?"

"천문을 익히고 땅을 주름잡으며, 재주는 신출귀몰하고 꾀는 당대의 누구도 따라갈 수 없을 정도입니다. 가볍게 보시면 안 됩니다."

"그대와 비교하면 어떤가?"

"허허허!"

서서가 허탈하게 웃고 나서 의관을 정제한 뒤 말했다.

"저 따위와는 감히 비교할 수 없습니다. 제가 반딧불이라면 제갈공명은 하늘에 뜬 보름달입니다."

조조의 얼굴이 굳어지자 하후돈이 나섰다.

"과장이 심하오. 내가 그자의 목을 한칼에 베어 승상께 가져다드리겠습니다."

조조는 불안한 마음을 누르고 하후돈에게 출전을 명했다.

그때 유비는 내부 문제를 해결해야 할 상황에 처했다. 오래도록 관우와 장비가 유비를 보필했는데 그들 사이에 제갈공명이 끼어든 꼴이 되었기 때문이다. 인간이라면 당연히 시기와 질투가 있게 마련이다. 유비는 장비와 관우가 제갈공명을 소 닭 보듯 하는 것을 보고 바로잡아야겠다고 생각했다.

"내가 군사를 얻은 것은 새가 하늘로 날아오르는 격이요, 물고기가 물을 만난 격이다.† 너희들은 군사를 나를 보듯 모셔라."

평소와 다른 유비의 말에 관우와 장비는 다른 불만을 말하지 않았다. 그들이 물러나자 제갈공명이 들어와 말했다.

"지금 조조의 군사들이 쳐들어오고 있습니다. 대책을 마련하셔야 합니다."

"안 그래도 걱정이오. 어찌하면 좋을지 방도를 못 찾겠소. 군사도 부족하고 말도 충분치 않으니……."

"주공은 인덕이 있으십니다. 많은 사람이 주공을 따르지 않습니까? 그런데 왜 군사를 모집하지 않으십니까? 군사를 모집하면 제가 훈련시켜 강병으로 만들겠습니다."

"아하, 그런 생각은 미처 하지 못했소."

당시만 해도 군사란 황건군 잔당이거나 관군에 있다가 흩어진 자들이 태반이었다. 그렇기에 백성들 사이에서 새롭게 군사를 뽑는 일은 생각도 못 했다.

유비가 군사를 뽑는다는 소문이 퍼지자 신야의 백성 가운데 건장한 청년 삼천 명이 몰려들었다. 제갈공명은 곧장 그들을 훈련시키고 진법을 가르치며 바쁜 나날을 보냈다.

그사이 하후돈의 십만 대군이 신야를 향해 시시각각 다가온다는 소식이 전해졌다. 유비는 관우와 장비를 불렀다.

"하후돈이 군사를 끌고 이리 오고 있다. 너희들은 어떻게 대적하면 좋겠느냐?"

장비가 마땅치 않다는 듯 말했다.

"형님이 물 만난 고기라 하지 않았소? 그 물 보고 가서 막으라 하면 되잖소."

"아우야, 기분이 상했느냐? 내가 지혜는 제갈공명을 믿지만 용맹함은 너희를 믿지 않더냐? 그리 말하면 누가 나서서 싸우겠느냐?"

두 사람을 달래 보낸 뒤 유비가 제갈공명을

수어지교(水魚之交)는 정사의 〈제갈공명전〉에서 나온 말이야. 말 그대로 해석하면 '물과 물고기의 사귐'이지만, '물고기가 물을 만난 격'이라고 하는 것이 더 알맞아. 그만치 떼려야 뗄 수 없는 관계라는 뜻이니까.

불렀다.

"군사, 이 사태를 어찌해야 하오?"

"당연히 나가서 싸워야 하고 제게 계책도 있습니다."

"어떤 계책이오?"

"계책을 말씀드리기 전에, 먼저 두 분 아우님을 제가 다스려야 합니다. 그들을 손발처럼 쓰려면 주공의 칼과 인수가 필요합니다."

"그렇게 하시오. 모든 권한을 군사에게 드리겠소."

유비가 칼과 인수를 내주자 제갈공명은 모든 장수를 불러 모았다. 제갈공명이 낭랑한 목소리로 명했다.

"박망 쪽에 산이 있고 오른쪽에 울창한 숲이 있소. 군사들을 매복할 만한 곳이니 관운장이 군사 천 명을 이끌고 가 매복하시오. 군사들이 지나갈 때는 그냥 지나가도록 두고 뒤에 군량과 마초를 실은 수레가 따라올 때 그것들을 모조리 불태워 버리시오."

"……."

관우는 대답하지 않았다. 여전히 불만스러운 얼굴이었다. 제갈공명은 아랑곳하지 않고 명령을 내렸다.

"그리고 장 장군은 군사 천 명과 함께 안림 산골에 숨어 있다가 남쪽 하늘에 불이 붙는 것이 보이면 박망성으로 가서 불을 지르시오. 그리고 관평과 유봉 두 장수는 불쏘시개가 될 만한 것을 준비한 뒤 적들이 오거든 불을 놓도록 하라."

그리고 조자룡에게는 선봉에 서라고 명했다.

"조 장군은 앞에서 싸우되 절대 이기려 하지 말고 방어만 하며 적을 유인하시오."

듣고 있던 유비가 나섰다.

"나는 할 일이 없소이까?"

"주공께서는 군사를 이끌고 장수들을 후원하시면 됩니다."

제갈공명이 명령을 마치자 참고 있던 관우가 나섰다.

"우리가 나가서 목숨 걸고 적과 싸우는 동안 군사께서는 무슨 일을 하십니까?"

"나는 이곳 성을 지키겠소이다."

장비가 가소롭다는 듯 웃었다.

"하하하, 우리가 목숨 걸고 싸울 때 군사께서는 한가로이 성이나 지키면서 편안히 있겠다는 말이오?"

그 말에 제갈공명이 자리를 박차고 일어났다.

"여기 주공의 칼과 인수가 있소. 내 명령을 어기는 자는 주공의 명령을 어기는 자요. 그 누구라도 목을 베겠소!"

유비도 거들었다.

"아우야, 너는 장막 안에서 세운 작전으로 천 리 밖에서 승리를 거둔다는 이치를 모르느냐? 군사의 명령은 내 명령이다. 추호의 어김도 없이 따르도록 해라."

불만이 없지 않았지만 유비가 이렇게까지 역성을 들자 관우와 장비가 물러날 수밖에 없었다. 장수들이 저마다 명령을 받아 떠나면서도 의심의 눈초리를 거두지 않았다. 변수가 너무나 많은 전장에서 적들이 군사의 말대로 따라 줄지 알 수 없었기 때문이다.

"자, 군사들이 모두 떠났소. 나는 어찌하면 좋겠소이까?"

"주공께서도 하실 일이 있습니다. 오늘 박망산 밑에 진을 치셨다가 적병을 만나거든 곧장 도망치십시오. 그러다 불길이 일면 돌아서서 공격하시면 됩니다. 저는 승전을 준비하며 잔칫상을 마련해 놓고 기다리겠습니다."

자신만만한 제갈공명의 말에 유비는 반신반의하며 군사를 이끌고 나섰다.

조조의 명을 받은 하후돈은 박망파에 이르렀다. 선두에는 선봉대, 후미에는 마초와 군량을 호위하는 군사들을 배치했다. 가을바람이 부는 황량한 들판을 지나가면서 하후돈이 휘하 군사에게 물었다.

"여기가 어디냐?"

"이곳이 박망파입니다."

그때 조자룡이 이끄는 유비의 군사들이 멀리서 다가왔다. 그 모습을 본 하후돈이 크게 웃었다.

"으하하하, 저게 유비의 군사들이냐? 저따위 군사들로 우리와 맞서겠다니 어이가 없구나. 제갈공명의 목을 승상께 가져다드리겠다는 약속을 지킬 수 있을 것 같구나. 돌격하라!"

하후돈이 앞장서서 명을 내리자 군사들이 말을 휘몰아쳤다. 조자룡도 조조의 군사들을 보고 앞으로 달려 나왔다. 조자룡이 하후돈과 두어 합을 맞서 싸우다 몸을 돌려 도망갔다. 그러다 다시 돌아서서 두어 합을 맞섰다. 싸우다 도망가고 싸우다 도망가는 식으로 후퇴하자 하후돈의 부장이 경계했다.

"조자룡이 저렇게 물러설 위인이 아닙니다. 반드시 복병이 있을 것 같습니다."

하지만 감질난 하후돈은 계속 밀어붙였다.

"걱정 마라! 유비의 군사가 몇이나 된다고 겁내느냐?"

이때 유비가 군사를 이끌고 나섰다.

"하후돈, 기다려라!"

유비를 본 하후돈은 더 신바람을 냈다.

"하하하, 저게 복병이라는 것이냐? 우리 십만 대군을 고작 천 명의 군사로 막겠다는 것이냐? 둘 다 쓸어버려라!"

하후돈의 군사들이 사기충천하여 기세 좋게 몰아붙이자, 유비와 조자룡의 군사들은 도망치기 바빴다. 그 뒤를 좇아 하후돈의 두 장수 우금†과 이전†이 골짜기에 들어섰다. 해는 저물고 바람이 거세게 부는데 좌우가 갈대밭이라 느낌이 좋지 않았다.

이전이 우금에게 말했다.

"보아하니 이곳은 화공에 약한 지형이오. 불에 약한 갈대숲에다 바람이 거세 불을 놓으면 금세 산지사방이 불바다가 되겠구려."

그 말을 듣고 사방을 둘러본 우금이 고개를

우금은 연주를 점거한 조조에게 의탁해 수하 장수가 되었어. 건안 2년(197) 조조를 따라 전쟁에 나섰을 때 투항한 장수가 배반하는 바람에 조조 군이 대패한 적이 있어. 이때 부대를 통솔해 싸우면서 퇴각했는데, 혼란을 틈타 노략질을 일삼는 청주 병사들을 소탕하여 조조의 칭찬을 받고 익수정후에 봉해졌지. 이로부터 군사를 엄정하게 다스린다는 명성을 얻게 돼.

～

이전은 조조의 부하 장수로, 조조가 진류에서 군사를 일으켰을 때부터 자발적으로 참여했어. 조조를 수행해 다년간 전쟁을 치르면서 여러 번 전공을 세워 중랑장, 포로 장군 등에 임명되었어.

끄덕였다.

"내가 장군께 알리고 올 테니 뒤따르는 군사들을 전진하지 않도록 제지하시오."

그러나 앞다투어 내달리는 수많은 군사들을 한순간에 멈추기란 말처럼 쉬운 일이 아니었다. 그사이 우금은 행렬을 쫓아가며 외쳤다.

"장군, 멈추십시오!"

하후돈이 겨우 말소리를 알아듣고 뒤를 돌아보며 물었다.

"무슨 일이냐?"

우금이 다가와 숨을 고르며 말했다.

"남쪽 길은 좁은데 좌우를 보십시오. 갈대와 나무가 우거져 있습니다. 화공에 대비하셔야 합니다!"

하후돈은 순간 아차 싶었다.

"멈춰라!"

그러나 때는 이미 늦었다. 사방에서 불길이 치솟았다. 바람까지 거세게 불어 계곡은 순식간에 불바다로 변했다.

"어서 대피하라!"

퇴각 명령에 서로 먼저 빠져나가려고 우왕좌왕하는 사이, 불길이 하후돈의 군사들을 포위해 점점 좁혀 들어왔다. 시커먼 연기와 뜨거운 불길이 하늘을 날아다녔다. 군사들은 그 자리에서 화상을 입고 말들은 사방에서 날뛰었다.

"이때다! 공격하라!"

조자룡이 군사들을 휘몰아쳐 하후돈을 급습했다. 하후돈은 군사를 챙기기는커녕 허둥지둥 제 몸만 빠져나와 도망치기 바빴다. 뒤에 남아 있던 이전은 앞쪽에서 연기가 올라오자 서둘러 군사를 수습해 박망산을 향해 달렸다.

그때 불길 속에서 정체를 알 수 없는 군사들이 나타났다. 앞장서서 달려오는 장수는 바로 관우였다.

"게 서라!"

시뻘건 적토마가 마치 불붙은 말처럼 맹렬한 기세로 달려들었다. 청룡도를 휘두르는 관우를 보자 이전은 싸울 생각도 못 하고 뒤돌아 도망쳤다. 군량과 마초에도 불이 붙어 순식간에 잿더미로 변했다. 우금과 하후돈은 정신이 나가 멀거니 구경만 해야 했다. 장비까지 가세해 창을 휘두르고 나자 서서히 날이 밝아 왔다. 조조 군의 시체가 이미 계곡을 덮은 뒤였다.

"후퇴하라!"

하후돈은 얼마 안 되는 군사들을 이끌고 허도로 돌아갔다. 제갈공명이 유비와 함께 첫 승리를 거두었다. 그것도 대승이었다.

유비와 관우, 장비는 군사들을 수습해 본거지로 돌아왔다. 그들은 제갈공명의 놀라운 능력에 탄복하지 않을 수 없었다. 한 치의 오차 없이 예측한 대로 전쟁이 벌어졌고 승리를 거뒀기 때문이다.

"제갈공명이 정말 대단해!"

조금 뒤 저만치에서 제갈공명의 모습이 보였다. 수레를 타고 마중을 나온 것이다. 그를 본 관우와 장비가 오랜 스승을 만난 듯 자신도 모르게 말에서 내려 수레 앞에 엎드려 큰절을 올렸다. 이어 조자룡과 관평

등 군사들이 속속 모여들자 모두 기뻐하며 함성을 질렀다.

"만세! 만세!"

적에게 빼앗은 군량과 마초는 군사들에게 모두 상으로 나누어 주었다. 이윽고 신야로 돌아오자 백성들이 몰려와 기뻐하며 엎드려 절했다. 큰 잔치가 벌어졌다. 얼마 만의 대승인지 몰랐다. 다들 기분이 들떠 있을 때 제갈공명이 유비에게 말했다.

"하후돈이 패했기 때문에 조조 군이 다시 쳐들어올 겁니다. 이번에는 조조가 직접 대군을 끌고 오겠지요."

유비가 깜짝 놀라 물었다.

"그러니 어쩌란 말이오? 어떻게 하면 좋겠소?"

"걱정 마십시오. 제가 조조 군을 대적할 방책을 갖고 있습니다. 하나 신야는 너무 작은 고을입니다. 이곳에서 적을 맞아 싸우기란 불가능합니다. 이참에 형주를 손에 넣어 근거지로 삼으시지요. 그렇게만 하면 조조와 맞붙는다 해도 두려울 것이 없습니다."

"군사의 말이 맞습니다. 하지만 내가 어찌 유경승의 땅을 차지한단 말이오?"

"시기를 놓치면 곤란합니다. 지금 형주를 손에 넣지 않으면 후회해도 때는 늦습니다."

"나는 죽으면 죽었지 그렇게는 못 하오."

아무리 설득해도 유비가 듣지 않자 제갈공명이 한발 물러섰다.

"잘 알았습니다."

제갈공명은 실망했지만 달리 방법이 없었다. 그것은 유비의 양보할 수 없는 삶의 원칙이었다. 그런 원칙은 악한 짓을 금하게 하고 믿고 따를 수밖에 없게 만드는 유비의 인생 행로였다. 오히려 쓸데없는 지식과 책략은 그런 원칙 앞에서 빛이 바램을 제갈공명은 잘 알고 있었다.

유비에게 대패한 하후돈은 조조 앞에서 스스로 몸을 묶고 죽여 달라고 청했다. 조조가 하후돈의 밧줄을 풀게 한 뒤 물었다.

"장수가 전장에서 싸우다 보면 이길 수도 질 수도 있다. 어찌하여 패했는지 이야기나 들어 보자."

"제갈공명이라는 자의 화공에 당했습니다."

"자네는 내로라하는 백전노장 아니던가? 어찌하여 그런 하찮은 꾀에 속았단 말인가?"

"이전과 우금 장군이 곁에서 일러 주었는데 어찌 된 영문인지 제가 홀리듯 기회를 놓치고 말았습니다."

"이전과 우금이 그걸 깨닫고 자네에게 알렸다니 훌륭하다. 그들에게 상을 내려라."

하후돈은 마음이 급했다.

"승상! 다시 한 번 기회를 주십시오. 유비가 저렇듯 세력이 강성해졌습니다. 십만 군사로도 칠 수가 없게 되었으니 하루빨리 화근을 제거하셔야 합니다."

"내 생각도 그렇다. 가장 골칫거리가 유비와 손권 아니더냐? 이참에 강동을 평정해야겠다."

마침내 건안 13년(208) 7월, 조조는 대대적으로 군사를 일으키기로 마음먹었다. 그때 공융이 말렸다.

"승상, 다시 생각하십시오. 유비와 유표는 한실의 종친입니다. 명분을 가지고 똘똘 뭉친 이들을 승상께서 함부로 친다면 민심을 잃을 것입니다. 그리고 그들은 강을 끼고 있습니다. 우리가 싸우기도 쉽지 않은 상태에서 명분 없이 먼저 군사를 일으킨다는 건 민심을 거스르는 위험천만한 일입니다."

조조는 몹시 화를 냈다. 마치 자기가 한실 종친을 해치려는 역적이란 말로 들렸기 때문이다.

"무엇이? 그 말은 내가 곧 역적이란 뜻이더냐?"

"그런 뜻이 아니옵니다."

"유표와 유비, 손권, 이런 자들이 역적 아니더냐? 황제의 명을 거스르고 있지 않느냔 말이다. 이런 말이 또다시 더 내 귀에 들어오면 그때는 절대 용서치 않겠다."

공융은 물러나 탄식했다.

"아, 어질지 못한 자가 어진 자를 치려 하는구나. 그러니 어찌 패배하지 않을꼬."

우연히 그 말을 들은 한 문객이 이런 사실을 어사대부 치려에게 알렸고, 공융과 사이가 좋지 않던 치려는 곧장 조조에게 고했다. 조조는 크게 화가 나서 공융을 잡아들이라고 소리쳤다.

"당장 공융 그자를 잡아들여라!"

공융에게는 아들 형제가 있었는데 그때 둘이 바둑을 두고 있었다. 다급하게 사람들이 달려와 말했다.

"부친께서 잡혀가셨습니다. 참수를 당할 테니 어서 피하십시오."

그런데 형제의 반응이 의외였다.

"둥지가 깨졌는데 알이 어찌 무사하겠느냐?"

강직했던 공융의 아들다운 말이었다. 그 말이 끝나기 전에 조조의 병사들이 들이닥쳤다. 공융의 식솔들과 아들 형제는 모두 죽고 말았다. 공자의 후손인 공융의 시체가 저잣거리에 내걸리자 사람들은 다시금 조조의 잔인함에 몸을 떨었다.

형주의 유표는 나이가 들어 병세가 심해지자 신야에 사람을 보내 황급히 유비를 불렀다. 유비가 관우, 장비와 함께 찾아가자 유표가 힘들게 말했다.

"아우님, 나는 이제 죽을 날이 얼마 안 남았소. 내 자식들을 부탁하오. 내 아이들은 부족한 게 많아 내 업을 이룰 수 없으니 아우님이 형주를 맡아 다스려 주오."

그러나 죽는 순간까지도 유비는 그 뜻을 받들지 않았다. 이로 인해 유비는 나중에 큰 고생을 하게 된다.

"제가 조카들을 도울 테니 형주를 맡으란 말씀은 거두어 주십시오. 어찌 제가 다른 뜻을 품겠습니까?"

죽어 가는 마당에 유표는 불안하기 짝이 없었다.

그때 조조의 대군이 몰려온다는 소식이 들어왔다. 충격을 받은 유표는 더욱더 몸이 쇠약해졌다. 결국 유표는 형주를 유기에게 맡기고 유비에게 보좌해 달라는 유서를 남겼다.

유서의 내용을 전해 들은 채 부인은 몹시 화를 냈다. 채모와 장윤†에게 성문을 닫아걸라 이르고 아무도 들이지 못하게 했다. 강하에 있던 유기는 뒤늦게 아버지 병세가 위중하다는 말을 듣고 황급히 형주로 달려왔다. 하지만 채모가 막아 성으로 들어갈 수가 없었다.

"공자는 강하를 지켜야 하는 막중한 임무가 있거늘 어찌하여 함부로 임지를 떠나 예까지 온 것이오. 그사이 동오의 군사라도 쳐들어오면 어쩔 테요? 불효막심한 죄를 짓지 말고 어서 강하로 돌아가 방비에 힘쓰시오!"

채모로 말하면 유기의 외삼촌 격이었다. 유기는 눈물로 애원했다.

"제발 잠깐만이라도 아버님을 뵙고 갈 수 있게 해주시오. 잠깐이면 되오."

하지만 채모는 끝끝내 성문을 열어 주지 않았다. 유기는 아버지의 마지막 가는 길도 못 보는 자신의 신세를 한탄하며 통곡한 뒤 강하로 돌아갔다. 유표는 아들이 문밖에서 우는 것도 모른 채 병세가 심해져 숨을 거두고 말았다.

유표가 죽자 채 부인은 채모, 장윤과 의논해 거짓 유서를 꾸민 다음 자신의 친아들인 유종을 형주의 주인으로 추대해 비로소 장례 준비를 했다.

유종은 나이가 어렸지만 힘없는 자신이 왕이 되면 형과 숙부인 유비가 군사를 일으켜 죄를 묻지 않을까 하는 두려움을 느낄 만큼 총명한 공자였다.

"내가 왕이 되면 숙부와 형님을 어찌 막는단 말입니까? 내가 그들에게 무어라 말해야 합니까?"

유표의 측근이었던 신하 이규가 나섰다.

"지혜롭고 지당한 생각이십니다. 지금이라도 늦지 않았습니다. 형님을 불러 형주의 주인으로 삼으시고, 유서의 뜻대로 유 황숙에게 도움을 청하게 하십시오. 그러면 조조도 막을 수 있고 손권도 막을 수 있습니다."

듣고 있던 채모가 눈을 부라리며 소리쳤다.

"이놈, 너같이 보잘것없는 놈이 웬 망발이냐? 주공의 유언을 거역하려 하느냐?"

이규도 지지 않고 벌떡 일어나 외쳤다.

"네놈이야말로 도적놈이 아니더냐? 거짓 유서를 꾸미며 장자를 몰아내고 형주와 양양의 아홉 군을 모조리 채씨 수중에 넣으려는 더러운 음모를 내 모를 줄 알았더냐? 돌아가신 주공의 혼령이 너희를 가만 보고 있지 않으실 게다."

"이런 무엄한 놈! 여봐라, 저자를 끌어다 목을 쳐라!"

이규는 결국 죽음을 맞았지만 죽는 순간까지 굴하지 않았다.

채모는 곧장 가까운 채씨들을 등용해 요직을 장악하고 권세를 한손에 틀어쥐었다. 이제 채모는 북쪽의 조조는 물론 내부의 유기와 유비마

장윤은 유표의 조카이면서 측근 부하야. 훗날 조조에게 투항해 적벽대전에서 수군 부도독이 되지. 주유의 반간계가 통해 동오와 내통한다는 의심을 받게 되는 인물이야.

저 상대해야 할 판이었다. 심지어 유비에게는 유표가 죽었다는 부고조차 전하지 않았다.

그때 조조의 군사들이 쳐들어온다는 다급한 소식이 전해졌다. 유종이 크게 놀라 주위 신하들에게 대책을 물었다. 그러자 지조 없기로 소문난 부손이 앞으로 나섰다.

"지금 조조가 쳐들어올 뿐 아니라 부고조차 알리지 않은 유비와 유기가 함께 쳐들어오면 우리는 망하는 길밖에 없습니다. 형주와 양양이 모두 위태로워집니다."

"그러니 어쩌면 좋단 말이오?"

"제게 한 가지 꾀가 있습니다. 제 말대로만 하시면 주공께서는 자리를 보전하심은 물론 형주와 양양의 백성들이 탈 없이 평안하게 지낼 수 있습니다."

"그 꾀란 게 대체 무엇이오?"

"형주와 양양을 조조에게 바치는 것입니다. 그럼 조조는 분명히 주공을 후하게 대접하고 벼슬을 줄 것입니다."

유종은 나이가 어렸지만 한심한 신하를 꾸짖었다.

"아버지의 업을 이어받은 지 얼마나 되었다고 모든 걸 갖다 바치란 말이오. 싸워 보지도 않고."

이번에는 같은 패거리인 괴월이 나섰다.

"아닙니다. 부손의 말이 옳습니다. 강하고 약한 것은 어쩔 수 없는 형세입니다. 조조는 황제를 등에 업고 우리를 치러 왔습니다. 거역하면 역적이 됩니다. 백성이 무슨 죄가 있습니까? 저희가 어찌 막강한 조조를 대적하겠습니까?"

유종이 말했다.

"내가 그대들의 말을 안 듣겠다는 게 아니오. 아버님이 남겨 주신 영토를 하루아침에 갖다 바치자니 어찌 부끄럽지 않겠소? 천하가 두고두고 나를 비웃을 것이 아닌가 말이오."

하지만 달리 방법이 없었고 유종은 어렸다. 여기에 주위 신하들이 하나같이 항복을 권하자 결국 비밀리에 항서를 조조에게 바쳤다. 조조는 싸우기도 전에 항복의 글을 받자 기뻐하며 서신을 가져온 유표의 심복 송충에게 상을 내렸다.

"돌아가서 유종에게 전하라! 성 밖으로 나와 우리를 영접하라고. 그러면 유종을 계속 형주의 주인으로 삼겠다."

사자로 갔던 송충은 형주를 향해 달려갔다. 송충이 강을 건널 때 한 무리의 군사가 다가왔다.

"게 서라! 어디 가는 웬 놈이냐?"

앞장선 장수는 관우였다. 깜짝 놀란 송충이 달아나려 했지만 금세 군사들에게 제압당했다. 관우는 유표의 심복인 송충을 알아보고 심상찮은 낌새를 느꼈다. 이 위태로운 시기에 북쪽을 다녀온다는 것은 조조와 관련 있는 일임에 틀림없었다.

"무슨 일로 어디를 다녀오는 게냐? 어서 불어라!"

이리저리 둘러대던 송충은 관우가 서릿발처럼 다그치자 마침내 그동안 형주에서 일어났던 일들을 모두 털어놓았다. 이야기를 듣고 놀란 관우는 송충을 앞세우고 신야로 갔다. 소식을 들은 유비 또한 놀라기는 마찬가지였다.

"유표 형님이 돌아가셨으니 형주가 난리가 아니겠구나. 그런데 태수
며 신하들은 조조에게 항복이나 하려 들다니……."

성질 급한 장비가 말했다.

"형님, 송충 저자를 죽이고 군사를 일으킵시다! 채씨와 유종을 없애
고 양양을 빼앗은 다음 조조와 한판 붙어 보자고요. 형님이 양보만 하다
일이 이 지경이 됐잖습니까?"

유비는 송충을 죽이는 대신 호되게 꾸짖은 뒤 쫓아냈다. 그때 유기의
사신인 이적†이 강하에서 도착했다. 이적이 유비에게 예를 올리고 나서
말했다.

"큰 공자께서 형주에서 일어난 일을 모두 아셨습니다. 유 황숙께서
아직 모를까 싶어 저에게 알려 드리라고 서신을 보냈습니다."

유비는 이적이 건네는 편지를 펼쳤다. 형주의 유표가 죽고 후사가 유
종에게 넘어갔다는 내용이었다.

"어허, 이런……. 공자는 그런 사실만 알고 아우가 조조에게 항복했다
는 사실을 아직 모르는 모양일세."

그 말을 들은 이적이 깜짝 놀랐다.

"그게 무슨 말씀이십니까? 조조에게 항복하다뇨?"

"유표 형님 밑에 있던 송충이란 자를 잡아 추궁했더니 그런 사실을
실토했소."

이적이 잠깐 생각하다 말했다.

"황숙, 일은 이미 벌어졌습니다. 황숙께서 유표 어른의 문상을 간다고

하면서 양양으로 가십시오. 유종이 마중 나오면 그대로 사로잡고 그 잔당을 치십시오. 그럼 형주는 저절로 황숙의 손에 들어올 것입니다."

제갈공명이 거들었다.

"그 말씀이 맞습니다. 어서 따르시지요."

하지만 유비는 비통한 심정이었다.

"형님께서 내게 자식들을 부탁했는데 어째서 일이 이 지경이 됐단 말인가?"

그때 정탐꾼이 달려와 알렸다. 조조의 대군이 박망파에 이르렀다는 것이다.

"일단 조조 군부터 막아야겠소. 군사, 어찌하면 좋겠소?"

"주공, 걱정 마십시오. 지난번에는 화공으로 하후돈을 물리치지 않았습니까? 이번에도 계책을 써서 반드시 조조를 물리치겠습니다. 일단 신야는 너무 좁으니 진지를 번성으로 옮기셔야 합니다."

"그렇게 합시다."

제갈공명은 곧 신야의 백성들에게 번성으로 대피하라고 전했다. 그 말을 듣고 남녀노소 할 것 없이 모든 백성이 짐을 싸서 번성을 향해 길을 나섰다. 이는 조조 군사들의 점령지에

이적은 형주목 유표의 막빈으로 있던 인물이야. 유비가 유표에게 의탁하고 있을 때 유비와 수시로 교류하며 친하게 지냈어. 채모가 양양에서 유비를 죽이려 했을 때 은밀히 유비에게 이런 사실을 알려 주어 달아나게 한 장본인이기도 해.

백성을 남겨 놓지 않으려는 조치였다. 멀리서 원정을 오느라 군량이 넉넉지 않을 조조 군사들의 점령지에 백성을 남겨 놓으면 그들이 양곡을 빼앗아 군량미로 차지할 것이기 때문이다.

제갈공명은 강변에 배를 마련해 백성들이 건널 수 있게 도와주라고 일렀다. 관원의 식솔들도 번성으로 이동하게 한 뒤 제갈공명이 장수들에게 군령을 내렸다.

"관운장은 군사 천 명을 거느리고 백하강 상류에 가서 매복하시오. 군사들에게 강물을 막도록 했다가 내일 밤 하류에서 군사들 소리가 들리면 물을 터 버리시오. 그러고 나서 물길을 따라 내려와 하류에서 적을 공격하시오."

"명을 받들겠습니다!"

관우가 떠나자 장비에게도 명을 내렸다.

"익덕 장군은 군사 천 명을 거느리고 박릉의 나루터에 매복하고 있다가 조조의 군사들이 도망쳐 오면 그때 공격하시오."

"명을 받들겠소이다!"

조자룡에게는 화공을 지시했다.

"자룡은 군사들을 넷으로 나누어 신야성의 서문과 남문, 북문에 매복해 두고, 나머지는 직접 이끌고 동문 밖에서 지키도록 하라. 그전에 민가의 지붕에 유황과 염초를 뿌린 뒤 조조 군사가 성안으로 들어오면 바람 불 때를 틈타 서문, 남문, 북문에 매복한 군사들에게 성안으로 일제히 불화살을 쏘게 하고 함성을 질러 기세를 올리도록 하라. 그러면 조조 군사들이 자연히 동문 쪽으로 도망칠 테니 그때 공격하면 된다."

그리고 미방과 유봉에게도 명했다.

"그대들은 군사를 둘로 나누어 반은 홍기, 반은 청기를 들고 신야성 삼십 리 밖 작미파 앞에 주둔하라. 조조의 군사가 오거든 각자 갈라져서 홍기 군은 왼편, 청기 군은 오른편으로 달아나면 적들은 무슨 일인가 해서 의혹이 생길 것이다. 그때 양쪽에 숨어 있다가 성에 불이 나면 곧장 공격한 뒤 백하강 상류로 가서 우리 군사들과 합류하도록 하라."

제갈공명은 계획대로 군사들을 내보낸 뒤 유비와 함께 높은 곳에 올라 전세를 관망했다.

조조 군사들은 조인†과 조홍†이 십만 대군을 이끌고 선봉이 되어 남쪽으로 내려왔다. 허저는 삼천 명의 철갑 기병대를 이끌고 신야를 향해 거침없이 달려왔다. 그때 미방과 유봉이 홍기 군과 청기 군으로 나누어 좌우로 달렸다. 그것을 본 허저가 소리쳤다.

"복병이다! 멈춰라!"

허저가 이런 사실을 알리자 조인이 말했다.

"저들이 싸울 의사도 없이 메뚜기처럼 이리 뛰고 저리 뛰는 것을 보니 매복은 없는 것 같

조인은 조조 수하의 장군으로 조조의 사촌 동생이야. 조조가 진류에서 최초로 군사를 일으켰을 때 군사를 이끌고 가서 도왔어. 한마디로 개국공신인 셈이지. 그 후 조조를 따르며 여러 차례 공을 세워 조조의 두터운 신임을 얻었어.

~

조홍 또한 조조의 사촌 동생이야. 조조가 진류에서 군사를 일으켰을 때 군사를 거느리고 가서 도우며 조조 진영에 발을 들여놓았어. 조조가 동탁을 토벌할 때 형양에서 동탁의 장수 서영에게 패한 적이 있는데, 이때 자신이 타던 말을 조조에게 내줘 조조를 구했지. 그 뒤에도 여러 번 조조를 위기에서 구해 조조의 신임을 얻었어. 많은 전공을 세웠지만 타고난 성격이 포악하고 조급해서 패한 적도 많아.

구려. 자기들의 세를 과시하는 거짓 군사들이오. 서둘러 진군하면 우리가 따라가겠소."

허저는 다시 군사를 휘몰아 나갔다. 하지만 유비의 군사들은 한참 동안 코빼기도 보이지 않았다. 해가 저물 무렵 느닷없이 나팔소리와 북소리가 높이 울렸다. 고개를 들어 쳐다보니 산마루에 깃발들이 꽂혀 있고 유비와 제갈공명이 보란 듯이 마주 앉아 술을 마시는 것이 아닌가.

"저런 무식한 것들이 곧 죽을 줄도 모르고 노는 꼴이라니⋯⋯."

허저는 화가 치밀었다.

"당장 저들을 공격하라!"

허저의 군사들이 말을 타고 허덕거리며 산등성이를 오를 때였다. 중턱쯤 올라갔을 때 갑자기 적군이 나타나 돌덩이와 통나무를 사정없이 아래로 굴렸다. 그 서슬에 앞으로 나가지 못하고 이리저리 길을 찾아 헤매는 동안 날이 저물었다.

허저는 뒤따라온 조인과 함께 신야성을 쳐서 그곳에서 하룻밤을 묵기로 결정했다. 군사들을 이끌고 신야성에 도착해 보니 성안은 사람 하나 없이 텅 비어 있었다. 백성들은 다 빠져나가고 집집마다 대문이 활짝 열려 있었다.

"백성들을 끌고 도망갔구나. 여기서 쉬고 내일 새벽에 다시 진군하도록 하자."

명에 따라 하루 종일 걸어 지친 군사들이 주인 없는 집에 들어가 밥을 짓고 휴식을 취했다. 조인과 조홍은 관아에 들어가 쉬고 있었다. 그때 갑자기 바람의 방향이 바뀌고 밖이 소란스럽더니 군사들이 달려와 외쳤다.

"장군, 성안에 불이 났습니다!"

조인과 조홍은 대수롭지 않게 여겼다.

"밥 짓다 실수로 불이 난 모양이구나. 얼른 끄도록 해라!"

그러나 그것은 실수로 일어난 불이 아니었다. 금세 여기저기서 불길이 일고 성문에도 불이 붙었다.

"이건 실수가 아니고 화공이다!"

깜짝 놀란 조인이 장수들과 함께 말을 타고 밖으로 나갔다. 성안이 온통 불길에 휩싸였다. 불길을 뚫고 빠져나갈 길을 찾는데 군사들이 외치는 소리가 들렸다.

"동문만 불이 붙지 않았다!"

군사들이 하나같이 동문을 향해 달려갔다. 좁은 길에 말과 군사들이 한꺼번에 나오느라 치이고 받쳐 말발굽에 깔려 죽은 자가 수두룩했다. 조인이 간신히 불길을 뚫고 동문 밖을 나서자 조자룡의 복병이 기다리고 있었다.

"한 놈도 살려 두지 마라!"

조자룡의 명령에 유비의 군사들이 득달같이 달려들었다. 지옥불과 같은 아비규환 속으로 군사들을 되돌릴 수도 없는 조인은 불이 붙지 않은 산길로 활로를 틀었다. 그러자 이번에는 미방의 군사들이 기세를 올리며 협공을 했다. 조인의 군사들은 정신을 차릴 새도 없이 줄행랑을 놓았다.

밤이 깊도록 추격이 이어지자 조조 군사들은 지칠 대로 지쳤다. 살아남은 군사들의 몰골은 영락없이 귀신이나 마찬가지였다. 머리칼과 옷은

조자룡

이름은 운으로 상산군 사람이야.
항상 상산 조자룡이라고 자기 출
신을 밝히곤 했지. 원소 밑에 있
다가 공손찬을 거쳐 최종적으로
유비에게 몸을 의탁했어. 유비의
신뢰가 두터워 정사에서도 둘이
같은 침대에서 잠을 잤다고 할
정도야.
관우가 죽었을 때 유비가 이성을
잃자 오나라와 싸우면 안된다고
직언할 정도로 사세 판단이 정
확했어. 뿐만 아니라 사리사욕이
없고 대의를 먼저 생각하는 진정
한 무인이었지. 강직하고 이치에
맞는 행동을 하여 주변 사람들에
게 오만하거나 난폭했던 관우, 장
비와 달리 순하고 덕이 있다는 칭
찬을 받았어.

불에 타고 얼굴은 새카맣게 그을었다. 한수의 지류인 백하강에 다다른 군사들은 겨우 숨을 돌렸다.

"와, 살았다!"

말과 함께 물속에 뛰어든 군사들은 씻고 마시며 휴식을 취했다. 불길 속에서 살아남은 터라 강물이 줄어 시내처럼 졸졸 흐른다는 사실도 눈치채지 못했다. 그 누가 상상이나 했겠는가? 관우가 물길을 막고 있다는 것을.

"이때다! 둑을 터라!"

전세를 살피던 관우가 명령을 내렸다. 모래와 흙을 담은 포대로 쌓았던 둑이 무너지자 막혔던 물이 성난 파도를 일으키며 폭포수처럼 계곡을 휩쓸고 지나갔다. 조조 군사들은 방비도 없이 휴식하다 거센 물살에 맥없이 휩쓸려 떠내려갔다.†

"수공이다! 어서 피하라!"

강물에서 힘겹게 빠져나온 조인은 군사들을 수습해 박릉의 나루터로 이동했다. 천신만고 끝에 적을 따돌려 경계를 푸는 순간 귀를 찢는 함성이 일며 한 무리의 군마가 길을 막아섰다. 시커먼 저승사자 같은 장비가 모습을 드러냈다.

여기서 잠깐!!

강둑을 막았다 터서 적을 물에 빠뜨려 공격한 것으로 유명한 싸움이 있어. 바로 을지문덕의 살수대첩이지. 612년 수 양제는 고구려 원정에 나섰지만 고구려의 완강한 저항으로 쉽게 뜻을 이루지 못했어. 이때 을지문덕이 거짓 항복을 한 뒤 수군이 철수하는 길목인 살수를 건널 때 이 작전을 펼쳤지. 궤멸당한 수군은 요동성까지 살아 돌아간 군사가 겨우 2,700명에 불과했다고 해. 연도상으로 본다면 관우의 이 전법은 살수대첩 훨씬 전이야. 당시의 고대 국가들 사이에서는 흔히 썼던 전략인 듯해.

"이놈들, 목숨을 내놓아라!"

장비는 얼이 빠진 조인의 군사들 한가운데로 치고 들어가 한바탕 휘저어 놓았다. 장비의 창날에 적의 목이 숱하게 떨어져 나갔다. 허저를 비롯한 병사들이 전의를 상실한 채 도망갈 길을 찾느라 이리저리 허둥대자 조인이 소리쳤다.

"신야성으로 퇴각하라!"

조인은 군사들을 모아 신야성의 불길을 수습하고 나서 조조에게 쓰디쓴 패배의 보고를 올렸다. 그사이 유비와 제갈공명은 흩어졌던 군사를 수습해 무사히 강을 건너 번성으로 들어갔다.

조인의 보고를 받은 조조는 분통을 터뜨렸다.

"도대체 시골구석에서 글이나 읽던 자에게 대패를 하다니, 이 무슨 창피더냐? 내 당장 쓸어버리고 말겠다!"

조조가 당장 장수들을 재촉해 출정에 나서자 온 들판에 군사들이 개미 떼처럼 새까맣게 들어찼다. 조조는 복병을 제거하기 위해 산속을 샅샅이 뒤지고 나서 여덟 길로 나누어 번성을 공격하려 했다. 그러자 유엽이 나서서 말렸다.

"지금은 민심을 다독여야 할 때입니다. 유비는 신야의 백성들까지 이끌고 번성으로 옮겨 가지 않았습니까. 우리가 번성을 공격하면 그곳마저 폐허가 됩니다. 그러면 백성들의 원망이 승상을 향할 것입니다. 이참에 유비를 회유하시고 항복하라고 권하십시오."

"그자가 항복할 것 같은가?"

"항복은 안 하더라도 우리가 백성들을 위해 싸우지 않고 회유하려 했다는 것을 알리면 되지 않습니까? 만일 유비가 항복한다면 더없이 좋은 일이 되겠지요. 형주를 싸우지 않고도 얻을 테니까요."

"그것도 쓸 만한 계책이로다. 누구를 사신으로 보낸단 말이냐?"

"서서를 보내시지요."

"서서가 갔다가 안 돌아오면 어찌하느냐?"

"서서는 제 발로 유비 곁을 떠나 승상에게 의탁한 자입니다. 심부름을 갔다가 돌아오지 않으면 세상이 비웃을 것입니다. 그런 걱정은 마십시오."

결국 서서가 조조의 사자로 번성을 찾아왔다. 오랜만에 얼굴을 맞댄 제갈공명과 서서는 기쁜 마음에 옛정을 돌이키며 한동안 이야기를 나누었다. 서서는 조조의 속셈을 속속들이 일러 주면서 대책을 세울 것을 주문했다.

회포를 풀고 돌아서는 서서를 붙잡고 유비가 말했다.

"서공, 이제라도 우리와 함께합시다. 돌아가지 마시오."

"제가 여기에 눌러앉으면 세상 사람들이 비웃습니다. 저는 돌아가야 합니다. 와룡 선생이 황숙 곁에 있으니 걱정이 없습니다."

"이제 가면 또 언제 보겠소?"

"인연이 닿으면 뵙겠지요."

떠나는 서서를 뒤로하고 유비가 제갈공명에게 대책을 물었다.

"곧 조조가 대군을 몰고 들이닥칠 텐데 어찌하면 좋겠소?"

"번성을 버리고 양양으로 가십시오. 양양에 들어가 시간을 벌어야 합니다."

"신야 백성들이 나를 따라 예까지 왔는데 여기서 다시 양양으로 가란 말이오?"

"백성들에게 알리시고, 따라올 사람은 따라오고 남을 사람은 남게 하십시오."

제갈공명의 뜻에 따라 군사들이 백성들에게 이런 사실을 알렸다.

"곧 조조 군사들이 들이닥친다. 우리를 따라 양양으로 갈 사람은 길을 나서고 남을 사람은 이곳 번성에 남도록 하여라."

신야와 번성의 백성들은 이구동성으로 목소리를 높였다.

"우리는 유 황숙을 따르겠소이다. 우리를 버리지 마십시오."

성안 백성들은 너나없이 유비를 따라나섰다. 젊은이는 노인을 들쳐 업고, 아낙들은 어린아이들 손을 잡은 채 보따리를 이고 피난 행렬을 이어 갔다. 강을 건널 때는 배를 타지 못해 통곡하는 애달픈 상황이 연출되었다. 유비는 소매로 얼굴을 가리며 눈물지었다.

"나로 인해 백성들 고통이 말이 아니구나. 내가 이대로 살아서 무엇을 하겠는가?"

배에 오른 유비는 슬픔에 젖어 강물로 몸을 기울였다. 황급히 사람들이 달려들어 말렸다.

"황숙, 몸을 아끼십시오!"

"이러시면 주공을 보고 따라온 백성들은 어찌합니까?"

유비가 백성들 생각에 강물에 몸을 던지려 했다는 말을 전해 들은 사람들은 그 자리에 주저앉아 더욱 구슬픈 눈물을 흘렸다. 유비는 마음을 고쳐먹고 강을 건너지 못해 눈물짓는 백성들에게 배를 내주라 하여 그들을 건너게 했다.

백성들과 함께 이동하느라 시간을 몇 갑절이나 들인 끝에 유비 일행은 양양성에 닿았다. 유비가 굳게 닫힌 성문 앞으로 나가 소리쳤다.

"유종은 들어라! 나는 백성들을 구하려 할 뿐이다. 어서 성문을 열어라. 이대로 두면 백성들이 조조 군사들에게 모두 죽고 만다!"

유종은 두려운 나머지 차마 앞으로 나서지 못했다. 채모와 장윤이 궁수들을 독려했다.

"저놈들에게 활을 쏴라!"

화살이 빗발치듯 쏟아졌다. 그 서슬에 유비 군사들이 다가서지 못하고 멀찍이 물러났다. 그때 젊은 장수가 군사 수백 명을 이끌고 성루에 올라 자신의 진영을 향해 큰소리쳤다.

"역적 채모야, 장윤아! 유 황숙은 어지신 분이라 백성을 구하려 예까지 오셨는데 환영은 못 할망정 어찌 활을 쏘느냐?"

우렁찬 소리에 고개를 들어 보니 키가 팔척에 얼굴이 시뻘건 장수가 위풍당당하게 서 있었다. 그의 이름은 위연†! 그는 단칼에 수문장과 군사들을 쓰러뜨린 뒤 성문을 열고 해자의 다리를 내렸다. 다리가 놓였지만 유비는 쉽게

위연은 용맹하고 싸움을 잘해 여러 차례 공을 세운 장수야. 건안 24년 (219), 한중왕이 된 유비가 한중 태수로 삼았지. 유비가 황제가 된 후에는 진북장군이 되어 여전히 한중을 지켰어. 하지만 나중에 비극적인 최후를 맞이하고 말아.

건너가지 못했다. 속임수가 있는지 몰랐기 때문이다. 위연이 성 위에서
유비를 불렀다.

"황숙께서는 어서 안으로 들어오십시오!"

성안은 아수라장이 따로 없었다. 위연의 군사들과 유종의 군사들이
서로 얽혀 싸우느라 함성이 진동하고 피가 튀었다. 유비는 도저히 성안
으로 백성들을 끌고 들어갈 수가 없었다.

"군사, 백성들을 구하려고 이곳까지 왔는데 오히려 백성들이 죽어 나
가게 생겼소. 어쩌면 좋겠소?"

"차라리 강릉으로 가시지요. 강릉은 형주의 요지이니 그곳에 가서 근
거를 잡으시지요."[†]

유비는 백성들을 이끌고 다시 강릉을 향해 길을 재촉했다. 그 모습을
본 양양 백성들이 외쳤다.

"유 황숙께서 우리를 저버리신다!"

양양 성안에 있던 백성들까지 짐을 싸서 황급히 유비의 뒤를 따랐다.
위연은 내전을 일으켜 서너 시간을 버텼지만 중과부적으로 부하를 모
두 잃고 말았다. 성에서 홀로 빠져나온 위연은 유비를 따르려 했지만 만
나지 못해 장사 태수 한현에게 몸을 의탁하기로 했다.

유비는 군사와 백성을 합쳐 십여만 명에 이르는 행렬과 수레 수천 채
를 이끌고 멀고 먼 강릉을 향해 발걸음을 옮겼다. 가는 길에 우연히 유
표의 무덤 앞을 지나게 되어 수하 장수들과 함께 꿇어 엎드려 절을 하고
통곡했다.

"형님, 재주 없고 복 없는 제가 형님의 유언을 지키지 못했습니다. 이

것은 백성들의 죄가 아니라 저의 죄입니다. 형주와 양양의 백성들을 부디 구원해 주십시오!"

유비가 통곡하자 따르던 백성들이 하나같이 눈물을 흘렸다. 유비는 한 사람이라도 낙오하지 않게끔 군사들에게 노인과 아이들을 특히 보살피라고 명했다. 그러자 형주의 민심이 유비에게 완전히 기울었다. 형벌이 아무리 엄중해도 그것으로 백성의 마음에 두려움을 줄 수는 없다. 또 죽음으로 다스려도 백성의 마음을 복종시킬 수는 없다. 백성을 마음으로 복종하게 만드는 것은 덕(德)의 힘뿐이었다. 유비에게는 바로 그런 힘이 있었다.

다시 발걸음을 재촉해 길을 나섰을 때 정탐꾼이 달려와 보고했다.

"조조 군사들이 번성에 들어가 영채를 세우고, 쉬지도 않고 배를 타고 강을 건너 쫓아오고 있습니다."

장수들이 간언했다.

"주공, 백성들을 이끌고 가자니 시간이 너무 많이 걸립니다. 하루에 십 리를 가기가 힘드니 어느 세월에 강릉에 닿겠습니까? 백성들을 뒤따라오게 하고 길을 재촉하십시오. 이러다 조

여기서 잠깐!!

사실 유비가 좀 더 결단력 있는 인물이었다면 제갈공명의 계획대로 형주를 인수했을지도 몰라. 그렇게 했다면 수많은 백성들의 고생도 없었을 거야. 충의와 의리를 목숨보다 중시하는 유비였기에 그 대가가 이토록 참혹했어. 지도자의 판단이 얼마나 중요한지 보여주는 예라 할 수 있지.

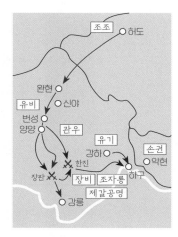

조조의 공격로와 유비의 대응

조 군사를 만나기라도 하면 큰일입니다."

유비가 눈물을 흘리며 말했다.

"그럴 수는 없는 일이다. 모름지기 큰일을 이루려는 자는 어진 마음으로 근본을 삼는 것이다. 저렇게 나를 믿고 따르는 백성을 어찌 버린단 말이냐?"

그 말을 들은 백성들은 감동의 눈물을 흘리며 유비의 덕을 칭송해 마지않았다.

유비는 장수들의 간언에 아랑곳하지 않고 백성들과 함께 행군을 계속했다. 보다 못한 제갈공명이 말했다.

"조조 군사들이 바짝 쫓아오니 대비를 해야 합니다. 관운장을 강하로 보내 태수 유기에게 원병을 청한 다음 배를 타고 강릉으로 오라고 하십시오."

유비는 관우에게 편지를 주어 강하로 보내고, 장비에게는 후미에서 적군을 방비하도록 했다. 조자룡에게는 특별히 노인과 어린아이들을 보호하도록 했다. 그러고 나서 다시 길을 재촉했다. 하지만 하루에 고작 십수 리밖에 전진할 수가 없었다.

한편 조조는 번성에 자리를 잡고 앉아 사람을 보내 유종을 불렀다. 조조를 만나기가 두려웠던 유종은 벌벌 떨며 결정을 미루고 있는데 채모와 장윤이 자청해 가겠다고 나섰다.

채모와 장윤은 번성으로 가서 조조를 만났다. 두 사람이 자청해 길을 나선 데는 까닭이 있었다. 그들은 조조를 만나 새 주인이 나타났다는 듯 아첨하고 충성을 맹세했다. 참으로 눈꼴사나운 광경이었다. 게다가 형주의 군마와 군량, 경제적인 형편 등 온갖 일급비밀을 조조에게 모조리 털어놓았다.

이야기를 듣고 난 조조는 채모를 수군 대도독, 장윤을 수군 부도독으로 삼았다. 두 사람은 기뻐 어쩔 줄 모르며 큰절을 올렸다.

"승상의 은혜가 하늘과 같습니다!"

조조가 웃으며 말했다.

"유경승은 이미 죽고 그의 아들도 항복했다. 황제께 표문을 올려 그대들을 형주의 주인으로 삼도록 하겠다."

채모와 장윤이 기뻐하며 물러났다.

책사인 순유가 물었다.

"승상, 저자들은 아첨꾼일 뿐입니다. 어찌하여 그들에게 높은 벼슬을 내리십니까?"

"하하하, 내가 사람 볼 줄은 아네. 아무려면 저자들을 높이 쓰겠나? 다만 우리가 수전에 약하니 잠시 이용하려는 것뿐일세. 일이 끝나면 알아서 조치하겠네."

조조의 속내를 전혀 눈치채지 못한 채모와 장윤은 신이 나서 돌아와 유종에게 알렸다.

"승상께서 형주와 양양을 오래오래 다스릴 수 있도록 황제께 아뢰겠다고 약조했습니다."

유종은 두 사람의 말만 믿고 채 부인과 함께 인수와 병부를 들고 조조를 만나러 갔다. 마침내 조조는 유종의 항복을 받아들여 부하 장수들을 이끌고 양양성에 들어가 자리를 잡았다. 그리고 유종에게는 청주 자사를 제수하고 그날로 떠나라고 명했다.

유종이 놀라며 말했다.

"저는 벼슬도 필요치 않습니다. 오로지 부모님께서 주신 땅을 지키기를 바랄 뿐입니다."

"걱정 마라. 청주는 황제가 계신 허도와 가까운 곳이다. 나중에 그대가 조정에 들어가 벼슬살이를 하도록 할 테니, 일단 그곳으로 부임하라. 형주에 남아 봤자 어떤 자가 해칠지 알 수 없다."

유종이 남아 있다는 건 언제든지 그를 중심으로 반역 세력이 뭉칠 수 있다는 의미다. 조조로서는 유종을 형주 가까이 둘 일이 없었다. 유종은 거듭 사양했으나 조조가 들어주지 않자 어쩔 수 없이 채 부인과 함께 청주로 길을 떠났다. 관원들은 강어귀까지만 배웅하고 옛 장수인 왕위†가 그 뒤를 따랐다.

간교한 조조는 은밀히 우금을 불러 명을 내렸다.

"너는 기병을 끌고 가서 유종 모자의 목을 쳐라. 실수 없이 후환을 없애야 한다."

결국 채 부인과 유종은 우금의 칼날에 목이 달아났다. 그러고 나서도 조조는 다시 한 번 계교를 부렸다.

"지금 당장 융중으로 군사를 보내 제갈공명의 식구들을 모조리 잡아들여라."

제갈공명의 식구를 잡아 인질로 만든 뒤 그를 자신의 수하로 삼으려는 수작이었다. 하지만 제갈공명이 누구인가. 이런 일을 예측하고 가족들을 모처에 숨겨 두었다. 조조의 군사들이 융중으로 갔을 때 그곳의 장원은 텅 비어 있었다.

"내 이놈을……."

융중에 갔다 돌아온 군사에게 보고를 받은 조조는 이를 뿌득뿌득 갈며 제갈공명에 대한 원한을 더욱 키웠다. 그런 한편으로 자기 속을 훤히 드러낸 듯해 얼굴이 뜨거워졌다.

왕위는 유표 수하의 장수야. 조조가 방심하는 틈을 이용해 군사를 일으켜 치자고 유종을 설득한 인물이지. 하지만 유종이 그 일을 채모와 상의하는 바람에 받아들여지지 않았지. 조조가 우금을 시켜 유종 모자를 죽이려 했을 때 있는 힘을 다해 저항하다 목숨을 잃은 충신이야.

4
조자룡 헌 칼 쓰듯

조조는 힘 안 들이고 형주의 중심인 양양을 평정한 다음 내친김에 원정을 이어 가기로 마음먹었다.

순유가 조언을 했다.

"승상, 강릉은 형주의 요지입니다. 물자가 풍부한 곳이라 유비가 진을 치면 공격하기가 어렵습니다."

"그렇다면 한시가 급하구나. 즉시 뒤쫓아 가자!"

조조는 대군을 이끌고 남진을 계속했다. 이때 적의 동태를 파악하러 갔던 정탐꾼이 달려와 유비의 상황을 알렸다.

"유비는 지금 백성들을 끌고 가느라 걸음이 무척 더딥니다. 아무리 멀리 갔다고 해봐야 삼백 리 안쪽이니 쉬지 않고 달리면 며칠 안으로 따라잡을 수 있습니다."

"듣던 중 반가운 소리다. 당장 기병 오천 명을 동원해 밤을 새워서라도 달려가 유비를 잡아라. 내가 뒤를 따르겠다."

조조는 속전속결로 승부를 볼 요량으로 군량을 많이 짊어지지 않은 빠른 기병을 내보내 유비를 추격했다.

유비는 십만여 백성을 이끌고 삼천여 군사에게 호위하게 한 뒤 강릉으로 후퇴하는 중이었다. 그 모습은 도무지 군대의 행렬이 아니었다. 걸음조차 어려운 노인과 아이들에 온갖 짐을 진 백성들을 이끌고 가는 길이라 군사들은 조조 군이 쫓아오는 것을 알면서도 속력을 낼 수 없었다. 조조 군에게 따라잡히기란 시간문제처럼 보였다.

그런데 강하로 구원군을 청하러 간 관우는 여전히 소식이 없었다. 불안한 유비가 제갈공명에게 말했다.

"아무래도 안 되겠소. 제갈공명 군사께서 직접 가 보는 게 어떻겠소? 유기가 저번에 군사의 도움을 받았기 때문에 직접 가서 구원병을 요청하면 분명히 도와줄 겁니다."

"주공 말씀이 맞습니다. 제가 가서 원병을 청하겠습니다."

제갈공명은 유봉과 함께 오백 명의 군사를 데리고 원병을 청하러 떠났다. 제갈공명을 떠나보내고 피난길을 이어 가는데 불길한 조짐이 일어났다. 일진광풍이 일며 흙과 바람이 하늘로 치솟아 해를 가린 것이다. 그것을 보고 점을 잘 치는 유비의 고향 친구 간옹이 설명했다.

"매우 흉한 징조로 보입니다. 백성들을 두고 얼른 달아나야 화를 면할 수 있습니다."

하지만 간옹의 말은 하나 마나 한 소리가 되었다. 다른 사람은 몰라도 유비는 죽음이 눈앞에 닥치더라도 백성을 버릴 사람이 아니었기 때문이다.

결국 경산에서 밤을 지새우고 난 새벽에 조조 군사들이 들이닥쳤다. 날씨는 매서워 한기가 뼛속까지 파고드는데 천지를 뒤흔드는 함성과 함께 조조의 기병들이 달려온 것이다. 유비는 군사 이천 명을 이끌고 나가 그들과 맞섰다. 하지만 수적으로 당할 수 없었을 뿐 아니라 기세등등한 조조의 강병을 꺾을 방법은 애초부터 없었다. 죽기를 각오하고 칼을 휘두를 때 장비가 군사를 끌고 와 겨우 길을 텄다. 유비는 장비의 도움으로 가까스로 적의 포위망을 뚫고 도망칠 수 있었다.

장비가 적의 추격을 따돌리며 퇴각하는 동안 날이 밝았다. 떠오르는 햇살을 받으며 주위를 살펴보니 남은 군사가 겨우 백여 명에 불과했다. 백성들은 물론 가족까지 다 버리고 온 것이다. 게다가 충신인 미축과 미방, 간옹과 조자룡도 간 곳을 알 수 없었다.

"어찌하여 내가 이 지경이 되었단 말인가? 십만 백성이 따라왔는데 이토록 험한 꼴을 당했구나. 장수들은 죽었는지 살았는지 알 수 없고 가족들마저 잃었으니 이 슬픔을 어찌 감당하리오, 으흐흐흐!"

유비가 비통해 몸을 떨었다. 기회를 얻을 만하면 패해 다시 쫓겨야 하는 신세가 처량하고 한탄스러워 견딜 수가 없었다.

그때 어디선가 부상당한 미방이 달려왔다.

"주공, 조자룡이 적진으로 가 버렸습니다."

미방을 만난 기쁨도 잠깐, 유비가 화를 냈다.

"조 장군은 그럴 사람이 아니다. 쓸데없는 소리 하지 마라."

조자룡과 은근히 경쟁하던 장비가 말했다.

"형님, 열 길 물속은 알아도 한 길 사람 속은 모른다지 않았소. 우리가 이렇게 곤궁해지니까 조조에게 의탁해 부귀를 얻으려 했는지 어찌 알겠소?"

"쓸데없는 소리 하지 말라는데도 그러는구나. 자룡은 어렸을 때부터 키운 나의 장수다. 그 마음 변하지 않는 걸 내가 안다."

미방이 다시 말했다.

"서북쪽으로 달려가는 걸 제 눈으로 똑똑히 보았습니다."

장비도 창을 휘두르며 한마디 덧붙였다.

"조자룡이 조조에게 투항했다면 가만두지 않겠소."

"절대로 그런 일은 없을 것이다. 자룡이 그쪽으로 갔다면 반드시 이유가 있을 것이다."

"형님, 내가 적의 동태도 살필 겸해서 확인해 보고 오겠소."

장비는 이십여 명의 기병을 이끌고 장판교로 향했다. 장판교에 서서 좌우를 살폈지만 조조 군사들은 보이지 않았다. 뒤쪽의 빽빽한 나무숲을 보고 이곳에서 속임수로 적을 막아야겠다고 생각했다.

"얘들아, 나뭇가지를 잘라 말꼬리에 묶은 다음 저 숲속에서 이리저리 왔다 갔다 하면서 먼지를 일으켜라. 그러면 군사들이 숨어 있는 것처럼 보일 것이야."

"장군께선 어쩌시려고요?"

"이 다리에서 홀로 적을 막아서겠다."

장비는 장판교에 당당히 올라서서 적군이 오기를 기다렸다.

자신에 대한 억측이 있으리라고는 꿈에도 생각하지 못한 조자룡은 적군과 미친 듯이 싸우는 동안 날이 밝았다. 적을 베어 넘기며 좌충우돌하다 문득 사방을 둘러보니 유비는 간데없고 자신이 지키기로 했던 유비의 가족들마저 보이지 않았다. 싸우는 데 정신이 팔려 그만 임무를 소홀히 한 것이다.

'아, 이를 어쩌면 좋을꼬? 무슨 면목으로 주공을 뵙는단 말인가? 두 부인과 공자님을 구하지 못하면 나는 죽고 말리라.'

조자룡은 목숨을 던질 각오로 눈에 불을 켜고 사방을 살폈다. 따르는 기병은 겨우 삼사십 기에 불과했다. 그들을 이끌고 곧바로 적진 속으로 뛰어들었다.

"나를 따르라!"

적진으로 들어가 보니 조조 군은 백성들을 해치고 재물을 빼앗는 등 노략질에 열중하고 있었다. 사방에서 비명이 터져 나오고 울음소리가 귀를 때리는 가운데 조자룡은 닥치는 대로 적을 베어 넘겼다. 지옥이 따로 없는 처참한 광경이었다. 그 순간 쓰러져 있는 낯익은 사람을 발견했다. 간옹이었다.

"간공, 두 부인께선 어디 계십니까?"

"수레를 버리고 공자를 품에 안고 저쪽으로 뛰어가셨소."

"왜 보고만 계셨소이까?"

"구하려고 달려가다 느닷없이 튀어나온 적의 창에 이렇게 찔리고 말았소. 말도 빼앗긴 데다 부상까지 당해 어쩌지 못하고 있었다오."

조자룡은 부하의 말을 내주고 군사를 딸려 간옹을 호위하도록 했다.

"주공께 알려 주시오. 죽는 한이 있어도 두 부인과 공자를 찾아 모시고 가겠노라고. 만일 못 찾으면 살아서 뵙지 못할 것이오."

조자룡은 다시 말을 타고 장판교를 향해 달려갔다. 그때 누군가가 조자룡을 불렀다.

"장군! 장군!"

"너는 누구냐?"

나이 든 병사가 화살에 맞아 피를 흘리며 다가왔다.

"제가 부인의 수레를 모셨습니다."

"두 부인은 어찌 되었느냐?"

"수레에서 내린 뒤 머리를 풀고 맨발로 피난 가는 부녀자들 틈으로 들어가 남쪽으로 가셨습니다."

조자룡은 황급히 말머리를 남쪽으로 돌렸다. 한참을 쫓아가자 백성 수백 명이 이동하는 모습이 보였다. 조자룡이 가까이 다가가 외쳤다.

"감 부인! 감 부인, 안 계십니까?"

그 순간 무리 안에서 감 부인이 조자룡의 목소리를 알아듣고 울음을 터뜨렸다.

"조 장군, 으흐흐흑!"

조자룡은 말에서 뛰어내렸다.

"부인께서 이런 고생을 하시게 해 송구합니다. 모두 저의 죄입니다.

그런데 미 부인과 공자님은 어디 계십니까?"

"미 부인과 아두는 나와 같이 있다가 조조 군사들에게 쫓겨 흩어졌다오."

그때 백성들이 한꺼번에 비명을 질렀다.

"에구머니, 조조 군사다!"

조조 군사들이 포로를 묶어 가는데 맨 앞에 미축의 모습이 보였다. 순우도에게 사로잡혀 조조에게 끌려가는 중이었다. 조자룡이 땅바닥에 꽂았던 칼을 뽑으며 벽력같이 소리쳤다.

"네 이놈들!"

어느새 말을 몰아 순우도를 쓰러뜨리고 순식간에 미축을 구했다. 그리고 빼앗은 말에 감 부인을 태우고 장판교 쪽으로 빠져나갔다. 조조 군사들은 눈을 뜨고 코를 베인 꼴이었다.

장판교에 있던 장비는 나는 듯이 달려오는 조자룡을 알아보고 눈을 부라렸다.

"자룡아, 어찌하여 배반자가 이리 오는 것이냐?"

"주공의 두 부인과 공자를 못 찾아 사방을 헤매고 다녔는데 격려는 못할망정 배반자라니, 무슨 말씀이오?"

"허허허!"

장비가 호탕하게 웃었다.

"농담으로 한 소리다. 방금 간옹이 너의 깊은 충성심을 줄줄이 늘어놓고 갔다."

"주공께선 어디 계십니까?"

"저 아래 멀지 않은 곳에 계신다."

조자룡이 미축을 돌아보고 감 부인을 맡기며 말했다.

"부인을 모시고 먼저 가십시오. 나는 미 부인과 공자 아두를 찾아오겠습니다."

조자룡은 미축을 보낸 뒤 심복 네댓 명만 데리고 오던 길을 되짚어 달려갔다. 얼마 안 가 십여 명의 조조 군사들이 조자룡을 잡으려 달려들었다. 선두에 선 적장은 철창을 들고 등에 검을 멘 자였다. 조자룡은 아무 말도 않고 그대로 달려들어 적장을 말 아래 거꾸러뜨렸다. 적장이 쓰러지자 놀란 적군은 뒤도 안 돌아보고 도망쳤다. 말 아래 쓰러진 적장은 바로 조조의 보검을 등에 메고 다닌다는 하후은[†]이었다.

조조는 원래 두 자루의 보검을 갖고 있었다. 하나는 의천검이고 또 하나는 청강검[†]이다. 그중 의천검은 조조 자신이 차고, 하후은이 메고 다닌 것이 청강검이었다.

조자룡이 하후은의 목을 벤 뒤 그의 등에서 칼을 뽑았다. 바로 천하의 명검으로 알려진 청강검이었다. 칼자루에 '청강(靑釭)'이라는 두 글자가 뚜렷이 새겨져 있었다. 청강검을 들고 조

하후은은 조조의 심복으로 조조의 검을 등에 메고 다니던 장수야. 한마디로 경호실장이나 마찬가지 역할을 한 셈이지. 혼전 중에 자신의 용력만 믿고 조조에게서 떨어져 나와 강탈과 노략질을 일삼다 장판에서 조자룡에게 당하고 말아.

〰

의천검과 청강검은 쌍벽을 이루는 명검이야. '의천(倚天)'은 '하늘에 닿을 정도로 매우 길다.'는 의미야. 이 두 검은 쇠를 진흙처럼 끊어 낼 만큼 강하다고 알려져 있어.

자룡이 소리쳤다.

"조조의 청강검으로 조조의 군사들을 쳐 주마!"

조자룡은 칼을 허리에 찬 뒤 단기필마로 조조 진영으로 달려 들어가 미 부인의 행방을 묻고 또 물었다. 그 모습이야말로 목숨을 버리고 싸우면 오히려 살고, 살아 돌아갈 요행을 바라면 오히려 죽음을 가져온다는 병서의 말을 그대로 실천한 형국이었다.

"미 부인과 공자를 찾고 있는데 못 보셨소?"

조자룡은 사방을 헤집고 다니다 다행히도 미 부인을 본 사람을 만났다.

"부인께서는 불행히 창에 찔리셨습니다. 아직 살아 계시지요."

"오, 그래요? 지금 어디 계시는지 아시오?"

"공자님을 안고 저 무너진 집 토담 안쪽에 계십니다."

조자룡은 부리나케 담장 쪽으로 달려갔다. 불타고 무너진 집의 토담 아래 우물가에 미 부인이 아두를 안은 채 떨고 있었다. 온통 불에 그을려 몰골이 말이 아니었다.

"부인, 제가 이제야 왔습니다."

겁에 질려 떨던 미 부인은 조자룡을 알아보고 감사의 눈물을 흘렸다.

"조 장군, 감사하오. 이제 우리 아두는 살았습니다. 아두는 주공의 유일한 혈육 아닙니까? 이 아이를 잘 보호해 주시오. 주공에게 이 아이를 데려가기만 한다면 나는 더 바랄 게 없습니다."

"부인께서 이렇게 큰 욕을 당한 것은 저의 죄입니다. 제가 모실 테니 어서 말에 오르십시오."

장수가 자신의 말을 내주고 아녀자를 호위하고 전장을 누빈다는 것은 스스로 죽겠다는 것과 다름없었다.

"장수가 말도 없이 어찌 적진을 뚫는단 말입니까? 나는 이미 늦었습니다. 내가 누가 되지 않게 어서 공자를 안고 가십시오."

하지만 조자룡은 꿈쩍도 하지 않았다.

"어서 말에 오르십시오."

미 부인이 힘겹게 말을 이었다.

"나는 많이 다쳐서 갈 수 없습니다. 시간을 지체하지 마시고 어서 떠나시오."

그때 군사들 소리가 들리자 조자룡이 다급하게 재촉했다.

"추격병이 오고 있습니다. 빨리 가셔야 합니다."

"이 아이 목숨은 오직 장군 손에 달렸습니다."

그 말을 끝으로 아두를 땅에 내려놓자마자 미 부인은 옆에 있는 마른 우물 안으로 몸을 던졌다. 스스로 목숨을 끊은 것이다.

"아니, 부인!"

깊은 우물에 떨어진 미 부인은 숨을 거두었다. 후세 사람들은 이를 두고 미 부인 역시 여장부라고 칭송해 마지않았다.

조자룡은 차마 발걸음이 떨어지지 않았다. 그렇다고 마냥 슬퍼하며 넋 놓고 있을 시간이 없었다. 황급히 토담을 무너뜨려 우물을 덮은 뒤 갑옷을 끌러 품 안에 약간의 공간을 만들었다. 그 품에 아두를 넣고 끈으로 묶자 아두가 편안하게 들어앉았다.

"자, 오너라!"

조자룡은 날듯이 말에 올라 적을 향해 달려갔다. 다가오는 보병들은 풀 베듯 베어 넘겼다. 무수히 달려드는 적이지만 조자룡의 칼 앞에서는 그저 스러지는 한 무더기 초목에 지나지 않았다. 조자룡의 눈에서 시뻘건 불똥이 떨어졌다. 한 무리, 두 무리를 헤치우며 조자룡은 남쪽으로 달리고 달렸다.

적장 장합†이 황급히 조자룡을 쫓았다. 조자룡은 그와 맞서 십여 합을 싸우다 말머리를 돌렸다. 지금 중요한 건 승부가 아니라 아두를 품고 안전하게 우군 진영으로 돌아가는 것이었다. 그런데 하늘도 무심하게 말이 그만 흙구덩이에 빠져 허우적거렸다. 장합은 조자룡을 잡은 줄 알고 의기양양하게 최후의 일격을 가할 준비를 했다.

그때 난데없이 한 줄기 빛이 구덩이에서 비치더니 조자룡의 말이 발굽을 모으고 껑충 구덩이 밖으로 솟구쳐 올랐다. 신출귀몰한 재주에 놀란 장합은 더 쫓지 못하고 슬금슬금 뒤로 물러났다.

그러자 또 다른 장수들이 쫓아왔다. 조조에게 항복한 원소 수하의 장수들이었다. 그들은 조자룡을 잡아 공을 세우고자 했다. 하지만 성난 물결처럼 쓸고 가는 조자룡을 어쩌지 못했다. 닥치는 대로 휘두르다 조자룡의 창이 부러졌다. 그러자 조조의 보검인 청강검을 꺼내 휘둘렀다. 쇠도 두부처럼 자른다는 천하의 명검이었기에 칼끝이 닿기만 했는데도 갑옷이 쪼개지고 병사들이 피를 쏟으며 쓰러졌다.

그렇게 겹겹의 포위망을 뚫고 조자룡은 달리고 또 달렸다. 지대가 높은 곳에서 그 모습을 감탄하며 보는 사람이 있었다. 바로 조조였다. 군사들 사이를 마치 연못에 풀어놓은 메기처럼 유유히 헤치며 달리는 장수를 보고 조조가 물었다.

"저자가 도대체 누구인가?"

조홍이 장수의 이름을 알아보려 아래로 내려와 외쳤다.

"네 이름을 밝혀라!"

조자룡이 산이 울리도록 우렁차게 외쳤다.

"나는 상산 사람 조자룡이다!"

조홍이 다시 올라가 조조에게 알렸다.

"상산의 조자룡이라고 합니다."

조조가 탐욕스런 눈빛으로 말했다.

"참으로 범과 같다. 저자를 반드시 사로잡아야겠다. 활을 쏘지 말고 산 채로 잡아 와라!"

그 덕에 조자룡은 화살의 공격을 받지 않았다. 그것이 아두의 타고난 복이 아니고 무엇이겠는가.

조자룡은 적진을 헤치고 나와 성난 맹수처럼 용맹을 발휘했다. 이 싸움에서 그가 찌르고 벤 조조의 장수만도 오십여 명에 이르렀다. 이일로 적진을 뚫고 주공을 구한 장수라고는 조자룡밖에 없다고 후세까지 그 이름이 널리 알려졌다.

겹겹의 포위를 뚫느라 조자룡은 온몸이 피투성이가 되었다. 그런데도 또다시 적들이 막

장합은 원소 수하의 장수였어. 관도대전 중 조조가 군사를 거느리고 원소 군의 식량 저장소인 오소를 습격했을 때 오소를 구하겠다고 자청한 인물이지. 그러나 원소는 곽도의 계책을 받아들여 장합과 고람에게 조조의 본영을 공격하라고 명했어. 그 전투에서 패한 데다 곽도의 모함까지 받자 장합은 조조에게 투항하고 말지. 이후 여러 차례 정벌 전쟁에 나서서 용맹을 떨쳐 조조의 신임을 얻었단다.

아섰다. 이번에는 종진과 종신 형제였다. 그러나 그들은 조자룡의 상대가 되지 못했다. 먼저 큰 도끼를 든 종진을 찔러 쓰러뜨리고 종신이 화극†을 들고 쫓아오자 번개같이 돌아서서 목을 베어 버렸다. 청강검에 맞은 투구가 두 쪽으로 갈라져 굴러떨어졌다. 이를 본 군사들이 놀라 흩어졌다.

조자룡은 포위망을 뚫고 장판교를 향해 내달렸다. 다시 등 뒤에서 천지를 뒤흔드는 함성과 함께 문빙†이 군사를 이끌고 쫓아왔다. 초주검이 된 조자룡이 겨우 장판교에 닿았는데 다리 위에 장비 홀로 말을 타고 있는 것이 아닌가. 그러나저러나 조조의 군사들이 물밀듯이 쫓아와 다급하게 도움을 청하지 않을 수 없었다.

"장 장군, 나를 도우시오!"

장팔사모를 비껴들고 서 있던 장비가 조자룡을 보고 소리쳤다.

"어서 가라! 내가 막겠다!"

장비가 길을 터 주자 조자룡이 마침내 장판교를 건넜다. 그리고 내처 이십 리를 달려 유비를 찾아갔다. 조자룡이 유비를 보자마자 말에서 내려 통곡했다.

"주공, 으흐흐흑!"

"조 장군, 살아 있었구나."

"저는 죽어야 마땅합니다. 미 부인을 구하지 못했습니다."

조자룡은 미 부인을 잃게 된 자초지종을 털어놓았다. 이야기를 듣고 난 유비가 아두의 안부를 물었다.

"아두는 어찌 됐느냐?"

"제가 품에 안고 왔습니다. 조금 전까지만 해도 울음소리가 들렸는데 지금은 숨을 안 쉬는 것 같습니다."

갑옷을 끌러 꺼내자 아두는 세상모르고 잠을 자고 있었다.

"아, 다행히 공자님은 무사하십니다."

조자룡이 천만다행이라는 듯 아두를 들어 유비에게 건넸다. 유비는 아두를 받자마자 화를 내며 땅바닥에 내던졌다.

"이까짓 어린 자식 때문에 귀하디귀한 장수를 잃을 뻔하지 않았더냐!"

조자룡은 놀라서 우는 아이를 달랜 뒤 감읍하여 말했다.

"자룡은 주공을 향해 간과 뇌가 으깨어질 때까지 은혜에 보답하겠습니다."[†]

어린 자식보다 장수를 귀하게 여기는 유비의 행동은 수하 장수들에게도 큰 감동을 주었다. 이후 조자룡은 유비를 위해 죽을 각오를 다해 충성을 바쳤다. 그 무엇도 두려워하지 않고 대의를 위해 목숨을 버리려는 자는 다른 사람을 떨게 만들고 누구도 함부로 그의 생사를 결정할 수 없는 법이다.

그때 조자룡을 쫓던 문빙이 군사들을 이끌고 장판교 앞에 이르렀다. 그런데 군사들은 보이지 않고 단기필마로 장비가 장판교를 지키는 것이 아닌가. 다만 건너편 나무숲을 보건대 먼지가 이는 것으로 보아 매복한 군사가 있으리라 짐작했다.

조금 뒤 조조 수하의 장수들이 모두 모였다. 하후돈, 하후연, 악진, 장요, 허저 등 맹장들조차 홀로 장판교를 지키는 장비를 보자 왠지 모를 두려움이 일었다.

"제갈공명이 또 무슨 꾀를 낸 모양이오. 장수 혼자 저렇게 서 있을 리가 없잖소."

아무도 선뜻 나서지 못했다. 상황을 보고하자 조조가 직접 말을 달려와 현장을 점검했다. 조조가 동정을 살피러 온 것을 알고 장비가 큰소리로 외쳤다.

"나는 연나라 사람 장비다. 목숨이 아깝지 않은 자는 누구든 당장 나와라!"

화극은 고대 병기 이름이야. 손잡이에 색깔을 칠해 장식하고, 끝이 '정(井)' 자 모양으로 되어 있어. 걸어 당기거나 찌를 수 있게 만든 장병기로 과(戈)와 모(矛)를 합쳐 놓은 모양이지. 훗날 창으로 바뀌었어.

~

문빙은 원래 형주목 유표의 대장이었어. 유표가 죽고 그의 아들 유종이 자리를 계승한 후 싸워 보지도 않고 조조에게 투항한 일이 발생했지. 이때 부끄럽고 슬픈 나머지 물러가 있다가 조조가 찾았을 때에야 비로소 그의 수하에 들어갔어. 훗날 조조가 강하 태수에 임명하고 관내후로 봉했어.

~

간뇌도지(肝腦塗地)는 간과 뇌를 땅에 칠한다는 뜻이야. 참혹한 죽음을 당하여 간과 뇌수가 땅에 널려 있다는 뜻도 있어. 한마디로 기꺼이 자신을 희생하여 충성을 다하는 것을 비유하는 말로 쓰여.

쩌렁쩌렁 울리는 장비 목소리에 조조 군사들은 벌벌 떨었다. 장비라는 말을 들은 조조는 갑자기 옛 기억을 되짚었다.

　　"가만있어 보자. 어디서 듣던 이름이 아니더냐?"

　　"맞습니다. 유비의 의형제입니다."

　　조조는 불현듯 기억이 났다.

　　"옛날에 관운장이 나에게 몸을 의탁했을 때 이런 말을 한 적이 있다. 장비는 백만 군사들 가운데서도 적장의 머리 베기를 주머니에 있는 물건 꺼내듯 한다고 말이다. 지금 보니 그 말이 틀린 말이 아니구나. 모두들 조심해라."

　　사실 조조는 두려웠다. 저 시커먼 장수가 군사들을 헤치고 들어와 자신의 목을 베어 갈까 겁이 났던 것이다. 조조가 슬금슬금 말을 뒤로 물릴 때 장비가 다시 한 번 큰소리쳤다.

　　"어서 나와라! 싸울 거야, 말 거야?"

　　군사들도 조조를 따라 슬금슬금 뒤로 물러나는 기미가 보였다. 장비는 이때다 싶어 장팔사모를 들고 목청껏 외쳤다.

　　"군사들이여, 모두 나와 조조 군을 무찔러라!"

　　장비가 앞장서서 달리고 먼지가 이는 숲속에서 금세라도 군사들이 튀어나올 것만 같았다. 조조 군사들은 놀라 대열이 흩어졌다. 조조 옆에 있던 한 장수는 그 서슬에 놀라 말에서 떨어져 즉사했다.

　　"후퇴하라!"

　　조조의 장수와 군졸들이 뒤로 돌아 도망치기 시작했다. 군중 심리라는 것이 이렇게 무서웠다. 마치 호랑이가 나타나자 온 산의 동물들이 일제히 제 집으로 숨는 것과 같은 모양새였다. 창을 집어던진 자, 갑옷을 벗어 버린 자, 투구를 벗어 버린 자 등 아수라장 속에 말발굽에 깔려 죽은 자가 수두룩했다. 말과 사람이 한꺼번에 뒤엉켜 도망치느라 마치 산사태가 난 듯했다.

조조 역시 화들짝 놀라 허저가 말고삐를 잡기 전까지 허둥지둥 도망치느라 바빴다.

장요가 달려와 말했다.

"승상, 고정하십시오! 저까짓 장수 하나가 뭐 그리 두렵습니까? 이제라도 쫓아가야 합니다. 장비와 유비를 한꺼번에 잡으시지요."

비로소 정신을 차린 조조가 군사들을 수습한 뒤 명령했다.

"다시 장판교에 가서 어찌 됐는지 보고 오라."

군사들이 가 보니 장판교는 끊어져 있었다. 장비가 조조 군사들이 건너오지 못하게 다리를 끊고 군사 스무 명을 데리고 후퇴한 것이다. 어진 사람은 근심 걱정에 잠기지 않고, 지혜로운 사람은 뜻을 정하지 못하여 망설이는 일이 없는 법이다. 여기에 더해 용감한 사람은 자신이 믿는 신념으로 두려움을 이겨 낸다는데, 장비가 바로 그런 사람이었다. 그가 영채로 돌아와 장판교에서의 무용담을 장황하게 늘어놓았다. 그러자 유비가 칭찬했다.

"내 아우가 참으로 용맹한 데다 제법 머리까지 쓰는구나."

"허허, 형님! 제갈 군사가 쓰는 꾀라는 게 별거 아닙디다. 내가 흉내 좀 내봤소이다."

"하지만 다리를 끊은 것은 잘못이다."

"그게 무슨 잘못입니까? 내가 큰소리를 치니까 그놈들이 똥줄이 빠져라 도망갔건만."

"동생이 몰라서 하는 소리다. 장판교를 그대로 두고 왔으면 적이 두려워 더는 군사들을 몰고 오지 않을 것이야. 그런데 다리를 끊어 버렸으니 우리가 도망가는 줄 알고 다시 쫓아올 것이란 말이다."

"다리를 끊었는데 말씀입니까?"

"조조는 강을 메워서라도 건너올 위인이야. 그까짓 다리 하나 끊어진 게 대수겠느냐? 어서 도망가자. 곧 조조가 쫓아올 것이다."

유비의 예측대로 장판교를 둘러본 장요와 허저는 돌아가서 조조에게 그런 사실을 보고했다.

"장비가 다리를 끊고 사라졌습니다."

"어허, 다리를 끊은 걸로 봐서 우리를 두려워한 게 틀림없구나. 속임수에 당했다. 당장 군사들에게 배다리를 만들라 이르고 오늘 밤 안으로 쫓아가라."

그때 이전이 의견을 말했다.

"혹시 제갈공명이 계략으로 다리를 끊은 게 아닐까요? 경솔하게 강을 건넜다가 속임수에 걸릴까 걱정입니다."

"장비에게 무슨 꾀가 있겠느냐? 어서 진군하라!"

조조는 유비를 궁지로 몰아치는 진군을 명령했다.

유비는 조자룡에게 방어를 맡기고 남쪽으로 내려가다 큰 강을 만났다. 백성들을 이끌고 강을 건너기란 불가능했다.

"강을 어찌 건넌단 말인가?"

유비는 강물 앞에서 망연자실했다.

그런 소식을 듣고 조조가 흐뭇한 미소를 지었다. 유비는 이제 독 안에 든 쥐와 다름없었다. 조조는 이참에 전력을 기울여 유비를 잡으려고 장수들을 독려했다. 유비를 놓치는 것은 호랑이를 산으로 돌려보내는 것과 마찬가지였다.

"있는 힘을 다해 진격해 반드시 유비를 잡아라!"

조조의 대군이 채 십 리도 못 갔을 때 갑자기 북소리가 울리며 기병들이 달려왔다. 맨 앞에 선 장수는 청룡언월도를 든 관우였다.

"너희들을 기다리고 있었다."

관우는 강하의 유기에게 군사 일만 명을 빌려 돌아오는 길이었다. 그런데 도중에 사태가 급박히 돌아가 장판교에서 싸움이 벌어졌다는 소식을 듣고 구원하러 달려온 것이다. 유비를 쫓던 조조는 관우가 때맞춰 나타나자 제갈공명의 계략에 빠졌다고 생각했다.

"간계에 빠졌다. 어서 후퇴하라!"

조조가 즉각 전군에 퇴각 명령을 내렸다. 관우는 도망치는 조조의 대군을 짐짓 쫓는 척하다 돌아와 유비를 찾아갔다. 그사이 유비는 시간을 벌어 강을 건널 준비를 했다. 아두와 감 부인이 유비와 함께 배에 오르자 관우가 물었다.

"어째 형수님이 안 보이십니까?"

유비는 미 부인의 안타까운 죽음을 전해 주었다. 관우가 눈물을 흘리며 말했다.

"그런 불행한 일이 있었군요. 허전†에서 사냥할 때 제가 조조를 죽였어야 했습니다. 형님께서 말리지만 않았어도 이런 일은 벌어지지 않았을 겁니다."

"하지만 그때 잘못했으면 우리까지 죽을 뻔하지 않았더냐? 모두 하늘이 하는 일이니 어쩌겠느냐?"

그들이 배를 탈 준비를 할 때 수많은 배가 순풍에 돛을 달고 미끄러지듯 다가왔다.

"저 배는 또 무엇인가?"

유비의 물음에 관우가 고개를 저었다.

"저도 알 수가 없습니다."

잠시 후 가까이 다가온 배의 뱃머리에서 갑옷을 입은 장수가 소리쳤다.

"숙부님, 그간 무고하셨습니까? 못난 조카가 왔습니다."

유표의 아들 유기였다. 유비를 구하러 수군을 이끌고 온 것이다.

"오, 조카로구나!"

유비가 반기며 배에 옮겨 타자 유기가 울며 절을 했다.

"서둘러 온다는 게 이리 늦었습니다."

"아니다. 와 주어 고맙다. 너야말로 내 생명의 은인이로구나."

유비 일행을 태우고 유기가 배를 몰아 강을 따라가는데 또 다른 배들이 그들을 막아섰다.

"저 배들은 또 누구의 것이란 말이냐? 조카의 배인가?"

"아닙니다. 강하 군사들은 제가 다 데려왔습니다. 다른 배가 있을 수 없습니다. 저렇게 많

허전타위(許田打圍)는 바로 관우가 조조를 죽일 뻔한 사건을 말해. 여포를 죽이고 허도로 돌아온 조조가 헌제에게 청하여 허전에서 사냥을 한 적이 있었지. 이때 조조가 대신들의 동정을 관찰하며 황제의 활로 사슴을 쏘아 잡은 사건이 벌어졌어. 황제가 사냥한 줄 알고 신하들이 황제를 향해 하례를 했을 때 오만한 조조가 말을 탄 채 헌제의 앞을 가로막고 나서서 하례를 받았어. 크게 노한 관우가 참지 못하고 조조를 죽이려 하자 유비가 급히 손을 들어 제지한 사건이야.

은 전선이 길을 막는 것을 보니 분명 조조의 군사거나 강동 손권의 군사인 것 같습니다.”

뱃머리에 서서 바라보니 맞은편에서 오는 배에 도복을 입은 제갈공명이 바람을 맞고 있었다. 그 뒤에 손건이 서 있었다. 유비가 반기며 가까이 다가가 물었다.

“제갈공명 군사는 어디에서 오는 길이오?”

“저는 강하로 가다가 관운장을 만나 주공을 도우라 하고 먼저 보냈습니다. 그런데 가만히 따져 보니 주공께서 강릉을 못 가시고 한진으로 가실 듯해 제가 유기 공자에게 주공을 돕게 한 후 저는 하구의 군사들을 모아 오는 길입니다.”

“오, 역시 군사는 다르오.”

군사들을 한데 모은 유비는 비로소 조조의 공세에 대한 대비책을 논의했다. 먼저 제갈공명이 방책을 냈다.

“지금 조조의 기세가 너무 강합니다. 소나기를 피할 곳으로 하구가 좋을 듯합니다. 하구는 성이 험하고 군량이 충분해 주공께서 머물러 계실 만합니다. 공자가 강하에 가서 군기를 수습하고 군사들을 더 훈련시킨다면 양쪽으로 세력이 나누어져 있기 때문에 조조를 막기에 수월합니다.”

“다 함께 강하로 가는 건 어떻소?”

유비가 묻자 제갈공명이 대답했다.

“오히려 한 무더기로 고립당할 수 있습니다.”

그러자 유기가 수정안을 냈다.

"알겠습니다. 하지만 지금 숙부님께선 너무 지치고 힘드실 겁니다. 일단 강하로 가서서 몸을 회복하고 군사들을 정비한 뒤 하구로 가셔도 늦지 않을 것입니다."

"조카 말이 맞다."

논의의 결론에 따라 관우가 오천 명의 군사를 거느리고 하구를 지키기로 하고 유비는 제갈공명, 유기와 함께 강하로 떠났다.

관우를 만난 뒤 조조는 복병에 대한 두려움 때문에 더 이상 진격하지 않았다. 대신 강릉이 유비의 손에 들어갈까 염려해 밤새 대군을 이끌고 강릉으로 움직였다.

조조가 강릉에 닿자 성을 지키던 군사들이 두려움에 떨며 항복했다. 관리들은 백성들을 끌고 나와 머리를 조아렸고, 백성들은 무릎을 꿇었다. 조조는 백성들을 위무하고 관원들에게 벼슬을 내렸으며, 옥에 갇힌 죄인들을 풀어 주었다. 그러자 조조에 대한 칭송이 자자했다.

조조는 장수들을 모아 놓고 유비를 칠 계략을 짰다.

"유비가 강하로 갔으니 손권과 결탁하기라도 하면 우리가 곤란해진다. 어찌하면 좋겠는가?"

책사 순유가 꾀를 냈다.

"지금 우리 군사들은 실로 막강해 두려울 게 없습니다. 손권도 큰 압박감을 느낄 것입니다. 그러니 사람을 보내서 이렇게 제안하십시오. 강하에서 만나 사냥하는 척하다 힘을 합쳐 유비를 잡고 형주 땅을 나눠 갖는 동맹을 맺자고 말입니다. 손권은 미심쩍어하면서도 승상의 뜻을 따를 것입니다."

"음, 좋은 생각이다."

조조는 곧장 편지를 써서 손권에게 보냈다. 그리고 수병과 기병, 보병을 모두 합쳐 팔십만 안팎인 군사를 백만이 넘는다고 소문내어 겁을 주었다. 강물에 전선을 띄우고 육지에서 기병과 보병이 강을 따라 진군해 내려가자 그 위세가 천지간에 진동했다.

손권 또한 유비와 조조의 동향에 진작부터 촉각을 곤두세우고 있었다. 염탐꾼들이 수시로 보내는 소식은 놀라운 것들이었다. 유종이 항복했다는 소식이 전해지자마자 조조가 강릉을 손에 넣었고, 유비가 패퇴해 강하로 갔다는 소식이 잇달아 들어왔다.

"조조가 무서운 기세로 남쪽으로 치고 내려왔소. 우리가 어찌 대비하면 좋겠소?"

손권이 신하들에게 의견을 구하자 노숙이 입을 열었다.

"아시다시피 형주는 우리와 붙어 있는 땅입니다. 지세가 험악하고 백성들은 부유합니다. 우리가 형주와 손을 잡으면 조조가 아무리 강하다 해도 두려울 게 없습니다. 지금은 유표가 죽고 유비가 도망치는 신세라, 명을 내리신다면 제가 강하로 가서 유비를 만나겠습니다."

"무슨 명분으로 그를 만난단 말이오?"

"좀 늦었지만 유표의 문상을 하고 나서 유비에게 유표의 장수들을 수습해 조조를 공격하자고 제안하겠습니다. 만일 유비가 우리의 뜻에 따라 조조를 친다면 주공의 대업은 거의 이룬 것이나 다름없다고 생각합니다."

"유비를 내세워 조조를 친 뒤 대업을 이루자? 좋은 계책이로다. 당장 예물을 갖추어 가 보시오."

손권은 노숙을 통해 유비 진영의 반응을 살피기로 했다.

이때 강하에 닿은 유비와 제갈공명, 유기는 앞으로의 대책을 궁리하고 있었다. 그들 역시 손을 뻗을 곳은 동오의 손권뿐이었다. 세력을 키운 손권과 조조를 맞붙게 하면 중간에서 이익을 얻을 수 있었기 때문이다. 제갈공명이 그러저러한 정세를 차분하게 설명하자 유비가 긴 한숨을 내쉬었다.

"꾀는 좋지만 강동에도 수많은 인재가 있다고 들었소. 바보가 아닌 다음에야 그들이 우리 뜻대로 움직일 리 없잖소."

제갈공명이 웃었다.

"하하, 예측하고 있습니다. 조조가 백만 대군을 이끌고 내려왔는데 강동에 있는 자들이 가만있을 리 없지요. 저들도 쉽게 잠들지 못할 것입니다. 조만간 우리에게 사람을 보낼 것입니다. 우리의 사정을 알아봐야 할 테니까요."

"누가 온다면 어쩔 셈이오?"

"제가 그 사신과 함께 동오에 가서 세 치 혀로 손권을 설득해 보겠습니다."

"그게 가능하겠소?"

"반드시 남쪽과 북쪽의 군사들이 싸우게 만들겠습니다. 남쪽이 승리하면 북쪽을 무찔러 형주를 차지하면 됩니다. 반대로 북쪽이 이기면 그 틈에 강남을 취하면 됩니다."

누가 이기든 이익을 취하겠다는 제갈공명의 발 빠른 전략이었지만 문제는 오나라에서 누군가 찾아와야만 한다는 점이었다.

"좋은 생각이지만 과연 사람이 올지 알 수가 없구려."

"반드시 올 것입니다."

제갈공명의 말이 끝나기도 전에 한 장수가 들어와 보고했다.

"강동에서 문상객으로 노숙 공이 왔습니다. 배가 언덕에 닿았습니다. 어찌할까요?"

제갈공명이 호탕하게 웃었다.

"하하하, 일은 다 된 거나 다름없습니다."

그러면서 유기에게 물었다.

"예전에 손책이 죽었을 때 혹시 형주에서 문상을 간 적이 있소이까?"

"그럴 리가 있겠습니까? 손책의 부친 손견을 죽인 일로 우리와 강동의 손씨 집안은 원수지간입니다. 예를 차릴 사이가 아니지요."

"그러면 이상한 일 아니오? 문상할 일이 없는데 문상하러 왔다는 것은 내막을 알아보러 왔다는 말 아니겠습니까? 허허허!"

"노숙을 어떻게 맞이하면 되겠소?"

유비가 궁금해하자 제갈공명이 말했다.

"주공께서는 그저 아는 게 없다고만 하십시오. 그러면 애가 타서 자꾸 더 물어볼 것입니다. 그때 슬쩍 저에게 미루어 두시면 제가 알아서 처리하겠습니다."

이윽고 노숙이 안내를 받아 안으로 들어왔다. 노숙은 먼저 정중하게 향을 피우고 문상을 했다. 유기가 상주가 되어 위로를 받았다.

"삼가 심심한 위로의 말씀을 드립니다."

"감사합니다. 먼 길 찾아와 이렇게 문상해 주시니 그 은혜를 갚을 길이 없습니다."

유기가 예를 갖추어 문상을 받은 뒤 술자리를 벌여 대접했다.

술이 몇 순배 돌고 나서 노숙이 유비에게 물었다.

"유 황숙을 직접 뵙게 되어 참으로 영광입니다. 높은 명성은 전부터 듣고 있었습니다. 근래 들어 유 황숙께서 조조와 가장 많이 싸우셔서 저들의 허와 실을 속속들이 알고 계시리라 믿습니다.† 몇 가지 여쭤도 되겠습니까?"

"스스럼없이 물어보십시오."

"조조의 군사가 많다 하는데 대체 얼마나 되는 것입니까?"

섣불리 정보를 줄 수는 없었다.

"나는 워낙 군세가 미약한 사람이오. 장수도 몇 되지 않아 조조가 쳐들어오면 싸우다 도망치고 싸우다 도망치느라 조조 군에게 어떤 허실이 있는지 잘 알지 못하오."

"듣자하니 제갈공명을 통해 황숙께서 화공으로 조조 군에게 심각한 피해를 입혔다 들었

사실 이때만 해도 유비는 조조의 적수가 못 됐어. 그럴 수밖에 없는 것이 출발도 늦었고 출신도 미천했으니까 어찌 보면 당연했지. 그로 인해 조조가 정벌해야 할 영웅의 우선순위에서 밀려 스스로 명을 보전한 것인지도 몰라. 그 결과 조조에 대해 잘 알게 되었고, 거듭되는 실전 속에서 전투력과 생존력을 기르게 되었다고 보는 것이 정확해.

습니다. 어찌 모른다고만 하십니까?"

"제갈공명 군사에게 물어보시오. 나는 잘 모르겠소이다."

"말로만 듣던 제갈공명은 어디 계십니까?"

"아, 이참에 내가 소개해 드리지요."

유비가 사람을 불러 제갈공명을 들어오라 일렀다.

조금 뒤 제갈공명이 나타났다. 노숙이 예를 갖춰 말했다.

"일찍부터 선생의 높은 명망을 듣고 있었습니다. 만나 뵙기를 간절히 바랐는데 이제야 뵙습니다."

"지나친 말씀입니다."

인사를 나눈 뒤 노숙이 본론으로 들어갔다.

"감히 여쭙고 싶은데 선생께서는 지금의 정세를 어찌 보십니까?"

제갈공명은 비로소 말로 하는 전쟁이 시작되었음을 직감했다.

"조조의 계략은 제가 다 들여다보고 있습니다."

"그런데 어찌하여 패했습니까?"

"힘이 모자랄 뿐입니다. 그 때문에 잠시 피해 있는 것이지요."

"황숙과 선생께서는 여기 계속 계실 생각입니까?"

"그럴 리가 있나요? 황숙께서 창오 태수인 오신†과 친분이 있어 그리 가실 겁니다."

"오신은 군량도 적고 군사도 적습니다. 제 스스로도 지키기 힘든데 어찌 그리 가서 의탁하시려는 겁니까?"

"우리도 알고 있소. 하지만 달리 방법이 없어 그러려는 겁니다."

제갈공명이 갈 곳이 없다는 듯 이야기하자 노숙이 기다렸다는 듯 말꼬리를 낚아챘다.

"그러지 마시고 우리 동오와 함께 대사를 도모하심이 어떻겠습니까?"[†]

"동오요?"

제갈공명이 마치 금시초문이라는 듯 되묻자 노숙이 말했다.

"손 장군은 여섯 고을을 거느리고 수풀 속의 호랑이처럼 때를 기다리고 있습니다. 군사도 훈련이 잘되어 있고 곡식도 많습니다. 게다가 선비들을 공경해 영웅들이 각지에서 모여들고 있습니다. 믿을 만한 저희에게 오셔서 함께 대사를 논하시지요."

"그렇지만 우리 주공께서 이전에 손 장군과 왕래가 없으셨다 들었습니다. 공연히 가서 말씀드려 봐야 소득도 없을 테고, 마땅히 누구를 보내야 할지도 모르겠습니다."

"그게 무슨 말씀이십니까? 형님께서 지금 강동에서 책사로 계시지 않습니까?"

노숙이 은연중에 제갈공명의 형 제갈근을 끌어들였다.

"그렇습니다만……."

"선생의 형님께선 고향을 떠난 지 오래라고

오신은 정사에 따르면 이름이 잘못되었어. 오신(吳臣)이 아니라 '오거(吳巨)'야. 그는 유표의 관할 아래 있었던 창오의 태수였지. 건안 15년(210) 손권이 보즐을 교주 자사로 삼자 다른 마음을 품었다가 보즐에게 살해되고 말아.

❧

《삼국지연의》에서 유비와 손권이 손을 잡고 조조와 싸운 '적벽대전'의 최대 공로자는 제갈공명으로 보여. 하지만 이건 허구야. 역사적 사실에 비추어 보면 양자 연합 제의는 노숙의 아이디어였거든. 그런데 《삼국지연의》를 보면 노숙은 뒷전으로 밀려난 인물로 그려지고 있어. '적벽대전'과 같은 큰 사건은 정사에서도 각 나라의 입장에서 과장되게 자신들의 시각을 투영하게 마련이야. 그나마 진수의 《삼국지》는 최대한 중립적인 입장에서 보고 있단다.

늘 선생을 뵙고 싶어했습니다. 선생께서 직접 저와 함께 동오로 가셔서 대사를 의논하시는 게 어떻겠습니까?"

상대방의 바람을 덥석 들어주는 것은 하수들이나 하는 짓이다. 듣고 있던 유비가 나섰다.

"안 되오! 제갈공명은 내 스승이고 친구이자 나와 모든 것을 의논하는 책사입니다. 잠시도 떨어져 있을 수 없습니다. 동오까지 간다는 건 말도 안 됩니다."

"청컨대 제갈공명 군사를 동오에 보내셔서 지혜를 주십시오. 그것이 멀리 보면 유 황숙께도 도움이 될 것입니다."

노숙이 거듭 권했지만 유비는 연신 고개를 저었다. 어지간히 몸값이 오르자 비로소 제갈공명이 입을 열었다.

"주공께서 허락해 주시면 제가 한번 다녀오겠습니다."

"음, 꼭 가야 하겠소?"

"한번 다녀오는 것도 나쁘지 않을 듯합니다. 오랜만에 형님도 뵙고 싶고요."

"군사의 뜻이 그렇다면 할 수 없구려. 내가 형제간의 의를 끊을 수는 없는 노릇이지."

유비가 못 이기는 체하며 허락했다. 노숙은 유비에게 인사를 올린 뒤 제갈공명과 함께 배를 타고 동오로 향했다.

배를 타고 가는 동안 노숙은 이미 제갈공명의 편이 되었다. 그와 대화를 나누면 나눌수록 동오는 유비와 힘을 합쳐 조조를 치는 것만이 살길이라 여기게 되었다. 가장 큰 걱정거리는 오히려 동오의 수많은 선비들이었다. 생각과 말은 많으나 행동이 뒷받침되지 않는 이들……. 게다가 아직 젊은 손권이 조조를 두려워할까도 걱정되었다.

노숙은 제갈공명에게 몇 번이나 당부했다.

"선생께서는 부디 경거망동하지 마십시오."

"경거망동이요?"

"손 장군을 뵙거든 조조의 군사가 많다거나 장수들이 용맹하다는 말씀은 절대 하지 마십시오."

"하하하, 그건 내가 알아서 하겠소이다."

마침내 배가 강기슭에 닿았다. 노숙은 제갈공명을 역관으로 안내해 쉬게 한 뒤 부중으로 달려가 손권을 만났다. 손권은 신하들을 모아 놓고 의견을 나누고 있었다.

"그사이 조조가 격문을 보냈소. 가부간에 얼른 답을 해야 하는데, 어찌하면 좋을지 모르겠소. 신하들과 함께 의논하던 참인데 그대도 읽어 보시오."

노숙이 조조의 격문을 받아 보니 이러했다.

나는 황제의 명을 받들어 천하의 죄인들을 처치하고 있소. 남쪽으로 내려와 유종을 항복시켰고, 형주와 양양의 백성들은 내게 속속 귀순하고 있소. 이제 백만 대군과 장수 천 명을 이끌고 장군과 강하에서 함께 사냥을 하며 유비를 치는 것이 어떻겠소? 땅을 똑같이 나누어 길이 동맹을 맺길 바라니 속히 회신을 주기 바라오.

오만한 글이었다. 노숙이 손권에게 물었다.

"어찌하실 생각이십니까?"

"결정하지 못했소."

기다렸다는 듯 장소가 말문을 열었다.

"제 생각은 이렇습니다. 일단 조조가 황제의 이름으로 군사를 일으켜 죄인을 처치한다는 데 뜻을 달리하는 것은 역적이 됩니다. 게다가 조조를 막으려면 장강을 이용해야 하는데, 이미 조조가 형주를 차지해 험한 지세를 얻었습니다. 지금 그와 맞서 싸우긴 어렵습니다. 빨리 항복하는 것이 가장 안전한 방책이라 생각합니다."

나라의 모든 정치를 아우르는 장소의 말에 다른 모사들도 고개를 끄덕이며 찬성했다.

"맞는 말입니다. 하늘의 뜻입니다."

"어서 결단을 내리십시오. 항복하면 백성들이 평안하고 강동의 여섯 군을 온전하게 보전할 수 있습니다."

손권은 아무 말이 없는 노숙에게 물었다.

"그대 생각은 어떠하오? 유비를 만나고 오지 않았소?"

노숙이 무거운 표정으로 입을 열었다.

"사람들이 하는 말은 모두 우리를 망치려는 짓입니다. 장군께서는 절대 항복해서는 안 됩니다."

"그게 무슨 말이오?"

"우리 같은 미미한 자들이야 조조에게 항복해도 돌아갈 땅이 있고 벼슬이라도 한자리 얻을 수 있습니다. 그러나 장군은 항복하시면 어디로 가실 생각이십니까? 고작 제후가 될 것이고, 종자 몇에 수레 한두 대 내줄 게 아니겠습니까? 그래서야 어찌 큰 뜻을 이룬다 하겠습니까? 다른 이들은 모두 자신의 입장에서 이야기하는 것입니다. 들을 말이 아닙니다. 계책을 정하십시오."

그 말을 듣고 손권이 비로소 한숨을 내쉬었다.

"아, 그대만이 내 뜻을 제대로 알고 있구려. 하지만 조조가 이미 기주와 형주를 차지하고 그 군사들을 가지고 있어 형세가 자못 크기 때문에 우리 힘으로 막을 수 있을지 걱정이오."

"이제야 말씀드립니다만 사실 제가 강하에 갔다가 제갈근의 동생인 제갈공명을 데려왔습니다."

"오, 그게 정말이오?"

"그에게 직접 물어보시면 조조의 허실을 낱낱이 알 수 있을 것입니다."

"당장 불러오시오."

성질 급한 건 손씨 집안의 내력이었다.

"지금 역관에서 쉬고 있으니 내일 문무백관을 모아 놓고 함께 의논하심이 어떻겠습니까?"

"그럼 그렇게 하시오."

다음 날 노숙은 제갈공명을 찾아갔다. 손권 앞에 나서기 전에 다시 한 번 신신당부하기 위해서였다.

"우리 주공에게 절대로 조조 군사가 많다고 말하지 마십시오."

제갈공명은 말없이 미소만 지었다.

드디어 제갈공명이 조정으로 나아가자 장소와 고옹† 등 문무백관 이십여 명이 의관을 갖춘 채 자리를 잡고 있었다. 서로 예의를 갖춰 인사를 나눈 뒤 제갈공명이 자리에 앉았다.

장소가 날카로운 눈으로 살펴보니 제갈공명은 활달하고 풍신이 당당하며 기상이 높은 선비임을 한눈에 알 수 있었다. 이제 걸출한 동오의 인재들이 제갈공명을 상대로 설전을 벌일 차례였다. 과연 제갈공명은 동오의 내로라하는 선비들을 꺾고 자신의 뜻을 설파할 수 있을까.

먼저 장소가 첫 질문을 했다. 질문은 오만한 제갈공명에 대한 인신공격이었다.

"저는 보잘것없는 강동의 선비입니다. 선비는 모름지기 겸손해야 한다 했는데 선생께서는 스스로 관중과 악의에 견주었다고 들었습니다. 그것이 사실입니까?"

"맞소이다. 오히려 그것은 나의 도량을 작게 비유한 것이오."

"그렇다면 듣자하니 유 황숙께서 세 번이나 찾아가 모셔 오면서 물고기가 물을 만난 격이라 했다 하는데, 선생 같은 고매한 분이 어찌하여 조조에게 형주와 양양 땅을 뺏긴 것입니까?"

장소는 최고의 모사였다. 동오의 모사 중에서도 가장 머리가 좋고 책략이 뛰어난 자였다. 장소를 꺾지 못하면 손권을 설복시킬 수 없었다. 제갈공명이 조용히 입을 열었다.

"내가 형주 땅을 차지하는 것은 손바닥을 뒤집는 것보다 쉬운 일이오. 하지만 우리 주공인 유 황숙께서는 온몸으로 인의를 실천하는 분이오. 말로만 하시는 분이 아니기 때문에 한집안의 터전을 빼앗을 수 없어 사양했던 것이오. 그런데 조카 유종이 간신들에게 속아 항복하는 바람에 조조가 득의양양하게 되었소. 우리 주공께서 강하에 머무르고 계시니 좋은 계책으로 곧 수복할 것이오. 앞으로 두고 보면 알 일이오."

장소가 기회는 이때라는 듯 물고 늘어졌다.

"선생의 말과 행동이 일치하지 않는구려. 선생은 자신을 관중과 악의에 견주었는데, 그렇다면 그들처럼 천하를 통일하고 도적들을 말살해야 할 것 아닙니까? 유 황숙께서 선생을 얻자 모든 사람이 선생에게 기대를 품었소이다. 하늘을 덮은 구름이 걷히고 해와 달이 밝은 빛을 보게 될 것이라고들 했지요. 그런데 백성을 곤경에서 구하기는커녕 조조 군사가 공격해 오자 흩어져 도망치지 않았소. 유표의 뜻을 받들어 백성을 편안하게 지키지도 못하고, 이제는 몸을 의탁할 땅조차 없게 되지 않았소. 유 황숙께서는 선생을 얻은 뒤 오히려 그전만도 못하게 되었소이다. 스스로를 관중과 악의에 비견하는 분께서 어찌 이러실 수 있

고옹은 동오의 대신이야. 지금의 강소성 소주 사람이지. 건안 5년(200), 손권이 회계 태수를 겸하자 그를 군승으로 삼고 태수의 직무를 대리하게 했어. 그러자 수년간 회계의 정무를 관장하는 동안 진중한 일처리와 뛰어난 정치 업적을 보였지. 이로 인해 중앙으로 들어가 좌사마가 되고 손권의 총애를 받게 돼.

습니까?"

인신공격에 가까운 말을 듣고도 제갈공명은 웃으며 말했다.

"하하, 봉황의 뜻을 참새가 어찌 알겠소? 내가 비유해서 말씀드리겠소. 사람이 중병이 들면 먼저 몸을 보하기 위해 미음과 죽을 먹으며 약한 약으로 살살 병을 다스려야 하오. 그리고 나중에 몸이 회복되면 그때 육신을 보하고 독한 약으로 병의 뿌리를 뽑아야 하는 것이오. 갑자기 환자에게 독한 약을 먹이면 그 환자는 죽을 수밖에 없소이다. 우리 주공이 유표에게 몸을 의탁할 때는 군사가 천 명뿐이었고, 장수라고는 관우, 장비, 조자룡뿐이었소. 한마디로 중병에 든 거나 마찬가지지요. 게다가 신야라는 곳은 백성도 적고 양곡도 부족한 곳이오. 잠시 그곳에 몸을 의탁했을 뿐이오. 그렇게 불리한 여건에서도 박망파에서 적들을 불태우고 백하에서 수공으로 하후돈과 조인 무리의 간담을 서늘케 했소. 관중과 악의라 해도 이렇게 용병을 할 수는 없었을 것이오. 게다가 조카인 유종이 항복한 것은 우리 유 황숙께서는 알지도 못하셨소. 아셨다 해도 난리를 틈타 한집안의 땅을 빼앗을 수는 없다는 게 지론이셨소. 그렇기에 수십만이나 되는 백성을 이끌고 하루에 십 리를 가며 단숨에 손에 넣을 수 있었던 강릉을 포기한 것이오. 이처럼 어질고 의로운 일이 세상 천지에 어디 있겠소. 적은 군사로 많은 군사를 이길 순 없는 법이며, 싸우다 지거나 이기는 것은 병가에 늘 있는 일이오. 한고조께서는 항우에게 여러 번 패했지만 해하 싸움에서 한 번 이김으로써 대업을 이루었소. 그것은 바로 한신[†]이라는 신하가 좋은 계교를 짜 주었기 때문 아니겠소? 한신은 고조를 오래 섬겼지만 매번 이긴 게 아니오. 국가의 대계는 계책을 잘 세우는 데 있는 것이지, 말만 앞세우는 자들이 명성을 얻고자 사람 속이며 서로 눈치를 보는 데 있지 않소. 그대들은 말로는 못 하는 게 없지만 임기응변으로는 쓸모 있는 게 하나도 없으니 곧 천하의 웃음거리가 될 것이오.”

제갈공명의 유장한 말에 아무도 대꾸하지 못했다. 장소는 할 말이 없어 물러났다. 그러자 또 한 사람이 소리치며 앞으로 나섰다. 우번†이라는 자였다.

“조조가 백만 대군을 거느리고 강하를 먹어치우려는데 그대는 대체 어쩌려는 것이오?”

“하하, 조조가 개미 떼 같은 군사를 거두어들이고 유표의 오합지졸을 귀속시켜 그 수가 백만이라 하지만 나는 두렵지 않소이다.”

“담양에서 패전하고 하구에서 꾀가 바닥나 우리에게 구원을 청하러 온 것 아니오? 그런데도 두렵지 않다고 큰소리를 치니 거짓말이 아니고 무엇이오?”

“아무리 유 황숙이라 하지만 어찌 수천을 가지고 백만이 넘는 군사를 이길 수 있겠소? 하구에 물러간 것은 때를 얻고자 함이오. 우리는 그렇다 칩시다. 그대들은 어떻소? 이곳 강

한신은 한나라의 개국 공신이야. 소하, 장량과 함께 한초삼걸로 불리지. 유방 진영에서 대장군으로 활동해 나중에 제나라 가왕(假王)이 되었어. 위, 제, 조, 초나라를 멸망시키는 데 큰 공을 세웠지만 나중에 천하가 통일되자 유방에게 제거되는 운명을 맞아.

❧

우번은 성격이 강직해서 손권의 면전에서 직간을 하던 신하야. 그로 인해 여러 차례 벼슬이 내려가거나 귀양을 가기도 했어. 학문을 논함에 게으르지 않아 항상 문하생이 수백 명이 있던 학자라고 해.

동은 군사도 강하고 양곡도 풍족하다 들었소. 게다가 장강의 험준한 지세를 잘 이용할 수 있는데 싸워 보지도 않고 도적놈에게 항복하라고 주인에게 권하고 있지 않소? 사람들이 비웃는 소리가 들리지 않는 게요? 그에 비하면 우리 주공 유 황숙께서는 참으로 조조를 두려워하지 않는 이 땅의 유일한 영웅이라 하지 않을 수 없소이다."

우번이 말문이 막히자 또 다른 신하가 나섰다.

"그대는 소진†과 장의†처럼 우리 동오를 세 치 혀로 농락하러 온 거요?"

보즐†이 논점을 바꾸어 제갈공명을 공격했다. 그러자 제갈공명이 차분하게 답했다.

"그대는 소진과 장의가 말을 잘한다는 것만 알았지 호걸인 걸 모르고 계셨구려. 소진은 여섯 나라의 재상을 지낸 위대한 정치가요, 장의도 두 번이나 진나라 재상이 되었소. 이들은 모두 나라를 바로잡은 뛰어난 인재들 아니오? 강자 앞에서 무릎 꿇고 살 궁리나 하는 소인배들하고는 비교가 되지 않소. 조조의 거짓 격문에 놀라 항복할 궁리나 하면서 소진과 장의를 입에 올린단 말이오? 그대들이야말로 소진과 장의가 비웃을 사람들이오."

그러자 설종이라는 자가 나섰다.

"그대는 대체 조조가 어떤 사람이라 생각하시오?"

"그걸 말이라고 묻소? 한나라의 역적 아니오?"

"어찌 역적이라고만 할 수 있겠소. 한나라가 수명을 다해 가는데 조조는 천하의 삼분의 이를 차지했소. 게다가 민심이 이미 조조에게 기울었소. 그런데 유 황숙은 하늘의 뜻도 모르고 맞서고 있으니, 이야말로 계란으로 바위를 치겠다는 것 아니고 무엇이오?"

제갈공명이 버럭 화를 냈다.

"어찌하여 그렇게 근본 없는 말씀을 하시오? 사람은 태어나서 충과 효를 입신의 근본으로 삼아야 하오. 한나라 신하가 돼서 신하 노릇을 제대로 하지 않는 자를 보면 당연히 바로잡는 게 도리 아니겠소! 조조라는 자는 대대로 한나라의 국록을 먹고도 반역을 하려 하고 스스로 더러운 욕심을 채우고 있소. 모든 사람이 이를 알고 분노하는데 그것을 하늘의 뜻이라 이야기하다니. 그대는 아비도 임금도 없는 사람이란 말이오?"

제갈공명의 꾸지람을 듣고 설종은 부끄러워 물러났다. 이번에는 육적이 나섰다.

"조조가 황제를 앞세워 제후들을 호령하고 있다지만 그래도 상국 조참†의 후예로 귀족 집안의 아들이오. 그에 비해 유 황숙은 뜬금없이 중산정왕의 후손이라는데 증거가 없지 않소? 우리는 유 황숙을 그저 돗자리나 짜고 짚신이나 삼던 사람으로 알고 있소. 그런 이가

소진은 전국 시대 연나라 문후의 책사야. 전국칠웅 가운데 가장 강한 진나라를 견제하기 위해 나머지 6국이 동맹해 대항해야 한다는 합종책을 설파했어.

～

장의는 전국 시대 진나라의 정치가이자 외교가야. 친구 소진과 함께 귀곡 선생에게 수학한 적이 있어. 진나라에 등용되기 전까지 갖은 수모를 겪다 마침내 진 혜문왕을 만나 정치 고문이 되었지. 6국 동맹을 분쇄하고 각 나라와 화친하게 한 연횡책을 펼쳐 소진의 합종책을 깨뜨린 장본인이야.

～

보즐은 동오의 중요한 모사 가운데 한 사람이야. 손권이 처음 강동을 장악했을 때 보즐을 불러들이면서부터 동오에 충성하게 됐지.

～

조참은 전한의 무인이자 개국 공신이야. 원래는 진나라의 옥리였는데 유방이 군사를 일으킬 때 뜻을 같이하면서 운명이 바뀌었지. 진나라와 항우를 공략함으로써 한나라의 통일 대업을 이루는 데 큰 공을 세워 건국 후 평양후에 책봉되었어. 혜제 시절에는 소하의 추천으로 벼슬이 상국까지 올랐지.

어찌 조조에게 맞선단 말이오?"

제갈공명이 웃으며 말했다.

"하하하, 그대는 원소의 면전에서 귤을 훔치던 육랑 아닌가?"

육랑의 얼굴이 붉어졌다. 그가 어렸을 때 원소를 만났는데 귤 세 개를 몰래 훔쳐 나오다 하나를 떨어뜨려 발각되었다. 그러자 어머니에게 드리겠다고 임기응변을 부려 원소를 감탄케 한 일이 있었다.

"그대는 분명히 한나라 신하가 맞는데 어찌 그런 말씀을 하시오? 조조는 조 상국의 자손이면서 한나라 신하요. 그런데도 함부로 권세를 차지해 황제를 깔보고 있소. 이는 단순히 황제를 깔보는 것이 아니라 자기 할아비마저 욕보이는 짓이오. 그는 한나라 황실의 난신일 뿐 아니라 조씨 집안의 불충, 불효자일 뿐이란 말이오."

육적 또한 말없이 물러났다. 좌중이 조용한 가운데 제갈공명이 말을 이었다.

"우리 유 황숙께서는 당당한 황제의 자손이오. 지금 증거가 없다고 했는데 황제께서 족보를 친히 살펴 벼슬을 내린 분이란 말이오. 어찌 증거가 없다는 거요? 게다가 한고조께서는 정자를 지키는 미천한 신분으로 몸을 일으켜 천하를 얻은 분이오. 돗자리를 짜거나 짚신을 삼은 게 무엇이 잘못이오? 그대는 소견이 어린아이 같으니 선비와 한자리에 앉아 대사를 논할 자격이 없소."

그러자 엄준이 나섰다.

"그대의 말씀은 정론이 아니라 궤변일 뿐이오. 더 말할 것도 없소. 이번엔 내가 하나만 묻겠소. 그대는 도대체 어떤 책을 공부하셨소?"

"글귀나 문장을 따지는 것은 다 썩은 선비들이나 하는 짓이오. 그런 자들은 결코 나라를 세우거나 공을 이룰 수 없소. 옛날에 훌륭했던 강태공이나 장량, 진평† 같은 분들은 모두 우주를 바로잡는 큰 능력을 가졌지만 경전을 공부했다는 말은 내가 평생 들은 적이 없소. 그들은 붓방아를 찧으며 떠들 시간에 나라를 구한 영웅들 아니겠소? 문장 따위로 희롱하며 웃고 즐기는 사람들이 아니오."

엄준이 고개를 숙이고 물러나자 이번에는 정덕추가 나섰다.

"그대가 이렇게 큰소리치지만 제대로 된 학문을 공부한 것이 없어서 선비들의 웃음거리가 되고 있지 않소이까?"

"선비 중에도 군자가 있고 소인배가 있는 법이오. 군자란 모름지기 임금에게 충성하고 나라를 사랑하며 바른 것을 지키는 자요. 간사함을 싫어하기 때문에 그 덕과 이름이 후대까지 미치지요. 하나 소인배는 그저 책이나 들여다보고 글이나 다듬고 문장을 다듬는 데만 몰두하지요. 젊은 시절에는 글이나 짓고 늙어서는 경서를 연구하는 자들이오. 입만 열면 시를

† 진평은 한나라의 정치가로 초패왕 항우의 책사였다가 나중에 유방을 도와 한나라를 건국하는 데 공을 세웠어. 여씨의 난 때 주발과 함께 여씨 일족을 몰아내고 한 문제를 옹립한 공이 있지.

읊고 글을 줄줄 써 내려갈지 모르나 계책이라곤 하나도 없는 자들이오. 하루에 시를 만 편 짓는다 한들 취할 것이 없소. 그게 무슨 소용 있겠소이까?"

그 자리에 모인 내로라하는 이십여 명의 선비들이 제갈공명의 말을 당하지 못하고 물러앉았다. 어떤 철저한 논리라 할지라도 살려고 몸부림치는 한 인간을 꺾을 수는 없는 법이었다. 제갈공명은 목숨을 걸고 혼자 이들을 상대해 제압한 것이다.

그때 밖에서 누군가가 큰소리치며 들이닥쳤다.

"무슨 짓들 하는 거요? 제갈공명은 이 시대가 낳은 천재요. 그대들이 이런 분을 혀로 꺾으려 하니 손님을 대하는 예의가 아니오. 당장 조조 군사들이 쳐들어오는 판국에 적을 물리칠 생각은 않고 입씨름만 한단 말이오?"

영릉 사람 황개였다. 동오에서 식량과 마초를 총 감독하는 그는 관리였기에 현실을 잘 알고 있었다.

"내가 듣자하니 선생께서 훌륭한 계책을 가지고 계시다더군요. 그러한 계책은 말씀하지 않으시고 이런 선비들과 논쟁만 하고 계신단 말이오? 이 급한 시각에?"

제갈공명이 비로소 예를 갖추며 말했다.

"여기 있는 분들이 하나같이 세상일은 알지 못한 채 논란만 벌이고 있기에 딱해서 몇 마디 거들었을 뿐이오."

진정으로 나라 일을 걱정하고 매사에 정성을 다하는 사람은 결코 논쟁을 즐기지 않는다. 말싸움이나 즐기며 누가 옳고 그르다는 시시비비

가리기를 좋아하는 사람일수록 정성을 다하지 않는 법이다. 진실된 말은 즐거운 것이 아니고 즐거운 말은 진실되지 못하기 때문이다.

"제갈공명 선생, 나를 따라오시오. 주공에게 모시겠소."

황개와 노숙이 제갈공명과 함께 발걸음을 옮겼다. 중문을 나서는데 저쪽에서 제갈근이 다가왔다. 제갈공명이 형에게 예를 갖췄다.

"형님, 오랜만에 뵙습니다."

"아우는 동오에 왔으면서 왜 나를 찾지 않았느냐?"

"제가 지금 유 황숙을 모시고 있습니다. 마땅히 공과 사를 가려 처신해야 하기에 공적인 일을 마치고 사적으로 찾아뵈려 했습니다. 용서해 주십시오."

"알았다. 주공을 만나 뵙고 난 뒤 나를 찾아오라. 그때 얘기를 나누도록 하자."

제갈공명이 형과 헤어진 뒤 노숙이 주위를 살피고 나서 다시 한 번 당부했다.

"거듭 말씀드리지만 조조 군사가 얼마라는 말씀은 하지 마시오. 제발 일을 망치지 않도록 말이오."

"알았습니다."

제갈공명이 노숙을 따라 당상에 올라가자 손권이 섬돌 아래까지 내려와 친히 맞아들였다. 예의를 갖춰 인사를 나누고 나서 손권이 자리를 권했다. 이어 문무백관이 두 줄로 늘어서고 노숙은 제갈공명 옆에 섰다.

제갈공명은 가만히 손권의 얼굴을 살폈다. 수염에 붉은빛이 돌고 눈은 파란빛이 감돌아 굳센 영웅의 강인한 인상이었다. 당당한 자존심과 결기를 본 제갈공명은 적당한 말로는 설득이 안 될 테니 충격을 주어 자극하리라 마음먹었다.

6
제갈공명과 주유의 대결

손권이 제갈공명을 맞아 예의를 갖춰 물었다.

"선생의 높은 재주는 익히 들었소이다."

"과찬이십니다."

"내가 궁금한 것을 좀 여쭤봐도 되겠소?"

"저야 재주도 배운 것도 없지만 뭐든 물으시면 성의껏 대답해 드리겠습니다."

손권은 미심쩍은 것을 낱낱이 물어보리라 작정했다.

"선생은 유비를 도와 조조와 여러 번 싸웠으니 조조의 허와 실을 잘 알고 있으리라 믿소. 우리는 조조와 직접 싸운 적이 없어서 이 점이 무척 궁금합니다."

"우리 주공께서 조조와 싸웠다고 하나 군사도 적고 장수도 부족했습니다. 게다가 신야라는 곳이 좁은 땅이라 조조와 맞대결을 했다고 볼 수는 없습니다."

"조조의 군사력은 얼마나 되오? 듣자하니 백만이 넘는다고 하던데, 이것은 상대를 겁주려고 허세를 부리는 게 아니오?"

제갈공명은 기회가 왔다 싶었다.

"아닙니다. 조조가 꾸준히 군사력을 불린 것은 온 세상이 다 아는 일입니다. 청주 군사들에다 원소의 군사를 합해 오륙십만을 얻은 데다 새로 모집한 군사가 삼사십만입니다. 또 형주 군사 이삼십만까지 얻었습니다. 다 합하면 능히 백오십만은 될 것입니다."

"그런데 왜 백만이라 했소?"

"강동 사람들이 놀랄까 봐 줄여 말한 것입니다."

노숙의 얼굴이 굳어졌다. 그토록 말하지 말라고 했건만 제갈공명은 대놓고 조조의 군사력을 부풀려 말했다. 노숙이 옆에서 눈치를 주었지만 제갈공명은 아는 척도 하지 않았다.

"그러면 휘하 장수들도 많겠소이다."

"어디 장수뿐이겠습니까? 머리 좋은 모사와 용맹한 장수가 일이천 명은 되지요."

"이미 형주를 평정했는데 조조가 다른 계획이 있겠소?"

"그걸 몰라 물으시는 건 아니겠지요. 이제 조조의 적은 강동밖에 없습니다. 그러니 대군을 끌고 온 것입니다."

손권이 잠시 고민하다 물었다.

"조조가 우리와 싸우려 한다면 우리는 어찌해야 하오? 선생께서 고견을 주시오."

"진정으로 제 의견을 듣고 싶으십니까?"

"그렇소."

제갈공명이 자세를 바로 하고 말했다.

"과거에 천하가 무척 어지러울 때 돌아가신 손책 장군께서 강동에서 군사를 일으켰습니다. 우리 주공이신 유 황숙은 한남에서 군사를 일으켜 조조와 함께 천하를 놓고 다퉜습니다. 이제 어깨를 겨루었던 영웅들은 조조에게 하나씩 제거되고 남은 이는 강동의 손씨 집안과 저희 주공뿐입니다. 게다가 저희 주공은 몸을 피해 강하에 와 계십니다. 강동의 힘을 잘 살피셔서 뜻을 정하십시오. 갖고 있는 힘과 군사력으로 중원과 힘을 겨루고자 한다면 속히 조조와 연을 끊어야 합니다. 그게 아니라면 당장 무기를 거두고 오롯이 조조를 섬기며 편안하게 신하로 사는 것이 답입니다. 장군께서 겉과 속이 다른 생각을 하신다면 머지않아 화가 미칠 것입니다."

"돌아가는 정세가 그러하거늘 그대의 주공은 어찌해 항복하지 않은 것이오?"

"과거에도 의리를 지키는 장수들은 결코 적에게 항복하지 않았습니다. 유 황숙은 황실의 후예입니다. 선비들의 존경을 받고 백성들이 그를 따르다 죽어도 좋다고 하고 있습니다. 이렇게 어진 분이지만 아직 뜻을 이루지 못한 것은 하늘이 기회를 주지 않았기 때문입니다. 어찌 몸을 굽혀 남의 밑에 들어갈 분이겠습니까?"

마지막 말은 듣는 이를 굉장히 자극했다. 손권은 굽혀 들어가도 유비는 당당하게 살겠다는 뜻이었기 때문이다. 이것은 다 제갈공명이 계산을 하고 뱉은 말이었다.

"……."

손권의 얼굴이 붉어졌다. 아직 젊은 그는 다혈질이었다. 더는 듣기가 괴로웠던지 손권이 자리를 피했다. 신하들이 뒤따라 들어가자 노숙이 남아 제갈공명을 채근했다.

"어째 그러셨습니까? 주공을 멸시하다시피 면박을 주시다니!"

"하하, 장군이 그렇게 속 좁은 위인인 줄 미처 몰랐소이다."

"어찌 우리 주공을 속이 좁다 하십니까?"

"쓸데없는 것만 묻고 조조를 무찌를 계책에 대해서는 한마디도 묻지 않았소이다."

그 말을 듣고 노숙이 정색했다.

"그런 계책을 갖고 계신다면 제가 다시 주공께 말씀드려 선생의 이야기를 더 듣도록 하겠습니다."

제갈공명이 자신만만하게 말했다.

"나는 조조의 백만 대군을 개미 떼로밖에 보지 않소. 내가 한번 움직이면 모두 다 풍비박산 낼 수 있소."

"그게 정말입니까?"

노숙이 눈을 동그랗게 뜨고 물었다.

"내 어찌 허언을 하겠소? 장군께서 중요한 건 묻지 않으니 실망스러울 따름입니다."

"그럼 잠시 기다리시오. 내가 주공을 찾아뵙겠습니다."

노숙이 후당으로 달려가자, 아니나 다를까 손권은 화가 나서 눈에 힘을 주고 거친 숨을 몰아쉬고 있었다. 노숙을 본 손권이 기다렸다는 듯 목소리를 높였다.

"제갈공명이 천하의 오만방자한 자가 아닌가? 감히 이 손권을 능멸하다니!"

"주공, 저도 공명을 책망했습니다."

"그랬더니 뭐라 하오?"

"오히려 주공께서 속이 좁다고 했습니다. 나름대로 조조를 깨뜨릴 좋은 계책이 있는 것 같은데 먼저 말하지 않으려 하는 것 같습니다. 살살 기분을 달래 그의 계책을 들어 보시지요."

손권은 뒤늦게 자기가 조조를 깰 계책을 물어보지 않았다는 데 생각이 미쳤다.

"아, 일부러 나를 화나게 한 모양이군. 하마터면 내가 성질을 부려 큰일을 망칠 뻔했소. 제갈공명을 다시 만나 보겠소."

손권이 밖으로 나와 다시 제갈공명을 만났다.

"내가 소견이 좁아 선생의 높은 지략을 알아보지 못했소이다. 부디 섭섭해하지 마시오."

"아닙니다. 제가 오히려 지나친 말씀을 드려 송구합니다."

그들은 술자리로 자리를 옮겼다. 술을 주고받아 몇 잔씩 마시고 난 뒤 손권이 물었다.

"조조는 그동안 적이었던 여포와 원술, 원소, 유표 같은 영웅들을 하나씩 제거해 이제 나하고 유 황숙만 남은 것 같소이다. 동오 땅을 차지하고 있는 나는 남의 간섭을 받으며 견딜 수는 없다고 이미 천명했소. 그렇다면 조조에 맞서 싸워야 하는데, 함께 싸울 영웅이라곤 유 황숙뿐이오. 그런데 유 황숙마저 조조에게 패했으니 조조를 어떻게 막아야 할지 걱정이 태산이오."

제갈공명이 눈썹 하나 까딱하지 않고 말했다.

"우리 주공은 패했다고 하지만 관운장이 일만 명의 날랜 병사를 가지고 있고, 유기가 데리고 있는 강하의 군사도 일만 명이 넘습니다. 조조의 군사는 우리를 쫓기 위해 하루에 삼백 리를 달려왔습니다. 지금 지칠 대로 지쳐 있지요. 게다가 북방에서 온 군사들은 물에서 싸워 본 적이 없습니다. 수전에 약한 것은 당연한 이치입니다."

"하지만 형주가 조조의 수중에 들어가지 않았소?"

"형주 사람들이 조조를 따르는 것은 어쩔 수 없기 때문입니다. 이제라도 장군께서 우리 유 황숙과 힘을 합쳐 조조를 무찌른다면 조조는 어쩔 수 없이 북쪽으로 돌아갈 것입니다. 그러면 형주와 동오의 세력이 조조의 세력과 함께 솥이 세 다리로 서듯 균형을 잡게 될 것입니다. 그러니 장군께서 어서 결심을 굳히십시오."

손권이 대단히 기뻐하며 외쳤다.

"선생 말을 들으니 해결책이 보이오. 내 이미 뜻을 정했으니 털끝만큼도 의심하지 마시오."

손권은 군사를 일으켜 조조와 싸울 일을 의논하기로 마음먹고 노숙에게 그런 사실을 문무백관에게 알리라고 일렀다. 제갈공명은 역관으로 돌아가 쉬면서 결과를 지켜보기로 했다.

노숙에게 상황을 전해 들은 장소는 모사들과 의논한 뒤 부리나케 손권을 찾아왔다.

"주공, 이러시면 안 됩니다. 그리하면 주공께서 제갈공명의 꾐에 빠지시는 겁니다."

"내가 왜 제갈공명의 꾐에 빠진다는 것인가?"

"군사를 일으켜 싸운다 하셨는데 주공을 이전의 원소와 비교해 보십시오. 조조는 옛날에 군사가 부족했는데도 원소를 무찔렀습니다. 그런데 지금은 백만이 넘는 군사를 이끌고 우리를 쳐들어왔습니다. 제갈공명의 말을 듣고 함부로 군사를 움직인다면 이거야말로 섶을 지고 불로 뛰어드는 격입니다."

손권은 다시 마음이 흔들렸다. 장소와 그를 따르는 무리가 일제히 전쟁은 안 된다고 만류하고 물러갔다. 그러자 노숙이 다시 들어왔다. 노숙은 여전히 제갈공명 편이었다.

"주공, 장소 따위가 항복하라는 것은 자기 처자식들과 자신의 안위를 위해서입니다. 그들은 누가 자신들을 지배하든 상관없는 자들 아닙니까? 절대 그들 말을 듣지 마십시오. 이렇게 마음이 흔들리시면 원소처럼 대사를 그르치게 됩니다."

동오의 신하들은 싸우겠다는 무리와 싸우지 말고 항복하자는 무리로 나뉘어 의견이 갈렸다. 결단을 해야 하는 손권은 밥을 먹지도, 잠을

자지도 못했다. 손권의 작은어머니이자 이모뻘인 오 국태†가 그 모습을
보고 물었다.

"무슨 일로 식음을 전폐하고 그리 고민이 많으냐?"

"지금 조조가 동오로 쳐들어올 기세여서 신하들에게 물으니 싸우자
는 자도 있고 항복하자는 자도 있습니다. 싸우자니 우리의 군사가 너무
적고, 항복하자니 과연 조조가 우리를 받아 줄지 알 수 없어 불안하기
짝이 없습니다."

오 국태가 말했다.

"너는 형님께서 돌아가실 때 한 말을 잊었느냐? 안의 일을 결정하지
못할 때는 장소에게 물어보고, 밖의 일을 결정하지 못할 때는 주유에게
물어보라 했거늘……."

그 말을 듣는 순간 손권은 정신이 번쩍 들었다.

"맞습니다. 제가 그걸 깜빡 잊었습니다. 당장 사람을 보내 주유를 불
러오겠습니다."

손권이 서둘러 사람을 보내기도 전에 어쩐 일인지 주유가 이미 부중
에 도착했다. 조조 대군이 한수 상류에 이르렀다는 소식을 듣고 군사를
훈련시키다 말고 달려온 것이다.

노숙은 주유가 손권을 만나기에 앞서 그동안 일어난 일의 자초지종
을 세세히 알려 주었다. 그런데 주유는 제갈공명이 찾아온 사실을 이미
알고 있었다.

"그대는 너무 염려하지 마시고 제갈공명이나 만나게 해주시오."

노숙이 제갈공명을 데리러 간 사이에 장소와 고옹, 장굉, 보즐이 주유

를 찾아왔다.

예를 갖추어 인사를 나눈 뒤 우두머리 격인 장소가 말문을 열었다.

"도독은 지금 강동에서 어떤 일이 벌어졌는지 알고 계시오?"

"잘 모르겠소이다."

주유는 노숙에게 이미 전후 이야기를 들었으면서도 짐짓 모른 체하고 장소의 말에 귀를 기울였다.

"조조가 백만 대군을 이끌고 한수 상류에 진을 친 뒤 우리 주공께 함께 사냥을 하자는 격문을 보냈습니다. 속내를 드러내진 않았지만 우리에게 항복하라는 뜻이지요. 그사이 노숙이 강하에서 유비의 군사인 제갈공명을 데려왔습니다. 제갈공명은 당연히 싸우자고 얘기했고 우리는 싸우지 말자고 하는 중인데, 주공께서 제갈공명의 말을 듣고 중심을 못 잡고 계십니다. 우리는 도독께서 이 중대한 문제를 해결해 주길 바라고 있습니다."

"그대들은 어떤 생각이오?"

고옹이 대답했다.

"우리 네 사람은 모두 항복해서 조조 밑에

오 국태는 오 태부인의 여동생으로 손견의 둘째 부인이야. 아들 낭(朗)과 딸 인(仁)을 낳았지. 오 태부인이 죽은 후 동오의 국태(나라의 큰 어른)가 되었어. 손권은 그녀를 생모처럼 존중했다고 해.

들어가 굴욕스럽지만 강동을 지키자는 의견입니다."

"알겠소. 나도 이미 항복하기로 마음을 먹었소이다. 내일 주공을 뵙고 결정을 내리게 하도록 하십시다."

장소의 무리가 안심하고 돌아갔다. 그러자 이번에는 정보†와 황개, 한당† 같은 장수들이 찾아왔다. 정보가 같은 질문을 했다.

"도독, 우리 강동이 머지않아 조조의 수중에 들어가게 된 것을 알고 계시오?"

"잘 모르오."

정보가 말을 이었다.

"우리는 손 장군을 따라 군사를 일으킨 뒤 크고 작은 전투를 수백 번 치렀소이다. 이제 간신히 여섯 개 군을 얻어 자리를 잡았는데 주공께서 모사들의 말만 듣고 조조에게 항복을 하려 하십니다. 무장으로서 이 어찌 부끄러운 일이 아니겠습니까? 죽으면 죽었지 그런 치욕은 맛보고 싶지 않소이다. 주공께서 중심을 못 잡아 흔들리고 있으니 도독이 계략을 세워 반드시 조조와 싸우도록 해주시오. 그럼 우리는 죽을 각오로 나가 싸우겠소."

장수들은 목이 잘리더라도 끝까지 저항하겠다고 했다. 얘기를 듣고 난 주유가 고개를 끄덕였다.

"나도 같은 생각으로 조조와 일전을 겨루려 하고 있습니다. 항복이란 있을 수 없는 일 아니겠습니까? 내일 주공을 뵙고 결정을 내리시도록 하겠습니다."

주유가 왔다는 말에 사방에서 신하들이 몰려왔다. 이번에는 제갈공명의 형인 제갈근과 문신들이 찾아왔다. 제갈근을 보자마자 주유가 물었다.

"그대 동생이 동오에 왔다 하지 않았소?"

제갈근이 대답했다.

"제 동생으로 인해 조정에 의견이 분분합니다. 저는 감히 무어라 말씀드릴 자격이 없습니다. 도독의 결정만 기다릴 뿐입니다."

"그렇더라도 그대의 의견을 알려 주시오. 어떻게 하면 좋겠소?"

"항복하면 편안하겠지만 싸운다면 동오를 지키기 어려울 것입니다."

"하하하, 알았소이다. 내일 가서 결정하도록 하겠소."

그 뒤로도 신하들이 줄줄이 찾아와 자신들의 의견을 전할 때마다 주유는 그들의 의견을 거스르지 않고 그저 알았노라고 하며 다독여 돌려보냈다.

밤이 되자 노숙이 제갈공명을 데리고 찾아왔다. 주유는 중문까지 나와 예의를 갖추어 두 사람을 맞았다. 인사를 나누고 앉자 주유가 제갈공명의 외모를 뜯어보았다. 듣던 대로 고고한 학과 같은 기품을 가진 선비였다.

정보는 처음에는 손견을 따라 군사를 일으켰고, 뒤에는 손책의 강남을 경영하여 손씨 집안의 숙장(늙고 공로가 많은 장수)이 되었어. 성품이 중후하고 공이 높았어.

～

한당은 손오의 장령으로 손견을 따라 군사를 일으켰으니 역시 손씨 집안의 숙장이라 할 수 있지. 나중에 주유를 따라 적벽에서 조조를 격파하는 등 여러 차례 전공을 세운 장수야.

노숙이 먼저 말문을 열었다.

"당장 조조가 쳐들어올 텐데 우리는 항복할 것이냐, 싸울 것이냐를 놓고 결단을 못 내리고 있습니다. 장군께선 어찌 생각하십니까?"

"싸워서 이길 가능성이 없으니 사자를 보내 항복하자고 말씀드릴 생각이오."

노숙은 깜짝 놀랐다.

"도독께서 어찌 그런 말씀을 하십니까? 강동의 업이 이미 삼대째 이어져 내려왔는데 어찌 하루아침에 항복한단 말입니까? 작고하신 손책 장군께서 바깥일은 장군께 물어 결정하라 하셨는데 못난 선비들의 말을 듣고 흔들리시면 어찌합니까?"

주유가 짐짓 반대 의견을 냈다.

"하지만 전쟁이 나서 수많은 병사가 죽고, 백성들이 전란을 겪고 고을이 폐허가 되면 다들 나를 원망할 것 아니오? 그럴 바에는 항복하는 게 낫다는 말이지요."

"장군, 그렇지 않습니다. 우리가 지형상 유리해 아무리 조조라도 쉽게 공격할 수 없는데, 왜 그리 마음을 접으셨습니까? 돌리십시오. 마음을 돌리십시오!"

주유와 노숙이 언쟁하는 것을 보고 제갈공명은 미소만 지었다. 주유가 제갈공명에게 물었다.

"왜 웃고 계십니까?"

"노숙 공이 세상 돌아가는 물정을 잘 모르는 것 같아 웃은 것입니다. 미안합니다."

이번에는 노숙이 발끈했다.

"내가 뭘 모른단 말씀입니까?"

"내 생각에 주 도독이 항복하자는 것은 지극히 이치에 맞는 말이기 때문입니다. 듣던 대로 현명한 분이오."

기다렸다는 듯 주유가 맞장구를 쳤다.

"허허, 역시 세상 돌아가는 걸 아는 선생은 나와 생각이 같구려."

노숙이 중간에서 바보가 되자 발끈했다.

"대체 무슨 말씀을 하시는 겁니까?"

제갈공명이 말했다.

"내 얘기를 들어 보시오. 조조는 용병술로 당할 자가 없을 뿐 아니라 모든 적수를 물리쳐 이겼소이다. 여포, 원술, 원소, 유표 등을 다 제거했소. 천하에 그와 맞설 사람은 없소. 저의 주공인 유 황숙만 세상모르고 싸우다 외로운 신세가 되지 않았습니까? 지금은 강하에 머물며 앞으로 살지 죽을지도 모르는 신세가 되었지요. 그런데 손 장군께서는 조조에게 항복하기로 마음을 굳히셨으니 그나마 처자를 지키고 부귀영화를 놓치지 않을 수 있게 된 것 아니오? 나라의 운명이란 하늘에 달렸으니 우리 같은 소인배들이 안타까울 일은 없지요."

"제갈공명! 그대는 우리가 비굴하게 조조에게 무릎 꿇고 노예라도 되라는 뜻이오? 역적에게 항복하라는 뜻이오?"

노숙이 흥분했지만 제갈공명은 흔들림이 없었다.

"항복도 여러 가지 방법이 있소. 이왕 항복하는 거라면 구차하게 예식을 갖추고 신하들이 우르르 몰려가 항서를 바칠 필요도 없소이다. 나뭇잎 같은 작은 배에 두 사람만 태워 보내면 모든 게 끝납니다. 두 사람을 보내기만 하면 조조는 기뻐서 갑옷을 벗고 깃발을 거두어 콧노래를 부르며 돌아갈 것이오."

그 말을 듣고 주유가 물었다.

"두 사람이 대체 누구요?"

"두 사람은 벼슬을 하거나 무예가 있는 사람이 아닙니다. 그저 여염집 사람이지요. 두 사람을 보내는 건 소에서 털 두 가닥을 뽑아 보내는 것과 다르지 않소이다. 티도 하나 안 나지요. 하지만 조조에게는 무척 기쁘고 통쾌한 일이 될 수 있지요."

"그 두 사람이 누구냔 말이오!"

제갈공명이 대답은 않고 지나간 이야기를 꺼냈다.

"내가 융중에 있을 때 많은 선비들과 교류하며 온갖 이야기를 들었소이다. 그때 들은 이야기요. 조조가 장하에 누대를 짓고 동작대라 이름 지었답니다. 아름답고 웅장하고 화려하기가 따라올 건물이 없다 들었지요. 게다가 조조가 원래 여색을 여간 좋아하는 게 아니잖습니까? 세상의 미인이란 미인은 모두 모아 놓고 동작대에서 즐기는 삶을 산다 들었습니다."

"그래서 어쩌란 말이오?"

"그런데 조조가 뜬구름처럼 떠다니는 소문을 들었답니다. 강동의 교공†이라는 사람에게 딸이 둘 있는데 큰 딸은 대교, 작은 딸은 소교라 한다고요. 두 사람의 아름다움은 구름에 숨은 달과 같고 수줍어하는 꽃과 같다 했답니다."

"그래서요."

주유의 표정이 심각해지는 줄도 모르고 제갈공명이 태연하게 말을 이었다.

"이때 조조가 사람들에게 호탕하게 말했답니다. '나에게는 소원이 두 가지가 있다. 하나는 사해를 완전히 평정해 제왕의 업을 이루는 것이다. 그리고 또 하나는 강동의 두 교씨를 얻어 동작대에 두고 만년을 즐기며 사는 것이다. 그리하면 여한이 없겠다.'라고요. 그러니 지금 조조가 백만 대군을 끌고 강남을 넘겨다보는 것은 사실 두 교씨를 얻기 위함이라는 겁니다."

"단연코 그게 정말이오?"

주유가 주먹을 불끈 쥐며 물었다.

"장군은 얼른 사람을 풀어 내가 들었던 교공이라는 사람의 두 딸을 천금을 주고 사서 조조에게 바치십시오. 조조는 두 미인을 얻으면 기뻐하며 반드시 콧노래를 부르며 돌아갈 것입니다. 이는 과거에 범려†가 서시†라는 미인을 오왕 부차에게 바쳐 대업을 이룬 것과 같은 계교입니다. 빨리 서두르시기 바랍니다. 이것이 내 계책입니다."

교공은 이름이 알려지지 않았어. 후한 말 그의 딸 대교와 소교가 각각 손책과 주유에게 시집간 덕에 국로(國老)라는 존칭을 얻게 되지.

～

범려는 춘추 시대 월나라 왕 구천의 책사이자 중국 최초의 대실업가야. 구천을 보좌해 당시의 대국 오나라를 멸망시키고 월나라의 패업을 이루었지. 구천이 패업을 이룩한 후 '토사구팽(토끼 사냥이 끝나면 사냥개도 필요 없게 되어 주인에게 삶아 먹히게 된다는 뜻)'이라는 말을 남기고 월나라를 떠나 상인으로 성공했어.

～

서시는 왕소군, 초선, 양귀비와 함께 중국 4대 미녀로 꼽혀. 월나라 범려의 계획으로 오나라 왕 부차의 후궁이 되지. 결국 부차의 실책을 이끌어 내 오나라 패망의 원인을 제공했어. 오나라 멸망 후 백성들의 손에 죽었다는 설, 범려의 아내가 되었다는 설 등 다양한 민간전승이 전해지고 있어.

주유의 눈썹이 가늘게 흔들렸다.

"그대의 이야기를 무엇으로 증명할 수 있단 말이오?"

"조조는 아시다시피 무예도 능하지만 글을 짓는 문인이기도 합니다. 자식들도 역시 뛰어난 문인인데 특히 조식은 붓만 들었다 하면 천하의 문장이 나온다 했소이다. 그 아들이 지은 시 중에 〈동작대부〉[†]가 있지요. 그 시에 조조가 반드시 황제가 되어 이교를 취하겠다는 내용이 있습니다."

"그것을 외우고 있소?"

"문장이 화려하고 아름다워 외우고 있소이다."

당시 문인들은 아름다운 시를 외워 서로 즐기며 나누는 것이 상례였다. 주유가 떨리는 가슴을 누르며 물었다.

"감히 청하여 듣고자 합니다."

제갈공명은 〈동작대부〉를 읊기 시작했다.

영명한 그대를 따라 노닐다 보니

누대에 올라 마냥 즐겁구나

높은 문루 까마득히 세웠으니

쌍대궐이 공중에 떠 있도다

유유히 흐르는 장하에 다다라

동산 과일나무의 싱그러움을 바라보며

한 쌍의 누대를 좌우에 세우고

그 이름은 옥룡과 금봉이니

이교를 동남쪽으로 거느리며

아침저녁으로 함께 즐기겠노라

사실 여기에서 이교(二橋)는 두 다리가 동서쪽으로 이어져 있으니 하늘에 무지개가 선 것과 같다고 한 표현이었다. 그런데 이 두 다리라는 것을 제갈공명은 음이 같은 두 교씨[二喬]로 바꾸고, 동서쪽을 동남쪽으로 바꾸어 외웠다. 주유가 아무리 지혜로운 선비라 하지만 세상의 모든 시를 다 외우고 있을 리는 없었다. 〈동작대부〉를 듣던 주유가 갑자기 자리를 박차고 일어났다.

"그만하시오! 역적 놈이 나를 이렇게 모욕하는구려!"

깜짝 놀란 제갈공명이 일어나 물었다.

"장군, 흥분을 가라앉히시오. 여염집의 두 딸을 가지고 왜 그리 흥분하십니까? 국가의 운명이 걸려 있지 않습니까?"

"아닙니다. 선생이 모르는 말씀이오. 대교가 누군지 아시오?"

"누, 누굽니까?"

"대교는 다름 아닌 손책 장군의 부인이고,

'동작대부(銅雀臺賦)'는 '등대부(登臺賦)'라고도 해. 여기서 '부'는 찬양하는 글, 기리는 글이라는 의미야. 조조의 아들인 조식이 건안17년(212) 봄에 지었는데, 당시 나이 겨우 19세였다 하니 그 재주를 미루어 짐작할 수 있겠지.

소교는……."

"소교는 누굽니까?"

"내 아내요!"

천둥번개가 치는 것 같은 충격적인 말이었다. 제갈공명이 잠시 몸을 비틀거렸다.

"정말 송구합니다. 그런 줄도 모르고 제가 함부로 망령되이 입을 놀렸습니다. 저의 목을 치시지요."

"내 그 역적 놈을 가만두지 않겠소. 도저히 같은 하늘을 이고 살 수 없소이다."

제갈공명이 차분한 말투로 주유에게 말했다.

"그렇더라도 장군은 부디 생각을 깊이 하십시오. 신중하게 처리하시는 것이 옳다 여겨집니다."

"아니오! 내 일찍이 돌아가신 손책 장군의 당부를 들은 바 있소이다. 어찌 몸을 굽혀 조조에게 항복하겠소? 내가 그렇게 말한 것은 그대가 어떤 생각을 갖고 있는지 일부러 떠보려 함이었소. 나는 이미 파양호를 떠나올 때 북쪽을 정벌하리라 마음먹었소. 내 뜻은 하늘이 두 쪽으로 갈라져도 바꿀 수 없소이다. 바라건대 공은 천하의 역적을 무찌르는 데 힘을 합쳐 주시오."

제갈공명은 손을 맞잡고 예를 갖추어 말했다.

"도독께서 명령하신다면 있는 힘을 다하겠습니다."

"내가 내일 주공을 찾아뵙고 군사를 일으키도록 하겠소."

마침내 주유의 결심을 이끌어 낸 제갈공명은 노숙과 함께 역관으로 돌아갔다.

영웅이란 아무리 겸손하다 하더라도 상대
방보다 높이 평가되는 것을 마다하지 않는다.
하지만 상대방의 가치 또한 인정하는 법이었
다. 제갈공명과 주유의 관계는 그렇게 시작되
었다.†

조조가 동작대를 건설한 것은 사실
이야. 정사에도 그런 사실이 기록
되어 있어. 하지만 동작대와 관련
된 이야기들은 허구야. 일단 시간
상 앞뒤가 맞지 않아. 적벽대전은
건안 13년(208)에 벌어진 전쟁이야.
하지만 이때는 동작대가 건설되기
전이거든. 실제로 동작대가 건설된
시기는 건안 15년 가을부터라고 해.
그렇게 해서 2년 뒤에 완공되었어.
또한 이 동작대의 기록 어디에도
제갈공명이 읊은 시는 존재하지 않
아. 오로지 이야기의 전개를 위해
절묘하게 삽입한 허구의 스토리라
할 수 있지.

7
전쟁의 서막

날이 밝았다. 동오의 운명을 결정짓는 날이었다.

손권이 당상에 오르자 신하들이 모두 예를 갖추었다. 좌우로 문관과 무관들이 의관을 정제하고 늘어섰다.

잠시 뒤 주유가 들어와 예를 올렸다.

"주공, 그간 무고하셨습니까? 인사 올립니다."

"도독의 염려 덕에 무사히 지내고 있소. 먼 길 마다하지 않고 와 주어 고맙소."

서로 인사를 나눈 뒤 주유가 아뢰었다.

"듣자하니 조조가 한수 상류에 군사들을 끌고 와서 우리에게 격문을 보냈다 하던데, 주공의 뜻을 알고자 합니다."

손권은 격문을 가져오라 하여 주유에게 직접 건넸다.

"이걸 읽어 보시오."

격문을 읽은 주유는 냉랭한 표정이 되었다.

"역적 놈이 우리 강동을 우습게 보는 것입니다. 그렇지 않고서야 우리를 이토록 업신여길 수는 없습니다."

"어찌하면 좋겠소?"

"문무 관원들과 상의해 보셨습니까?"

"물론이오. 싸우자는 신하도 있고 항복하자는 신하도 있소. 그래서 그대에게 물어보고 결정할 생각이오."

주유는 어디까지나 합리적인 사람이었다. 항복을 권하는 신하들은 논리로 꺾어 굴복시키기로 결심했다.

"누가 항복하자 했습니까?"

"장소를 비롯해 몇몇 신하들이 그런 의견을 가진 듯하오."

그러자 장소가 앞으로 나섰다.

"제가 그랬습니다. 아다시피 조조는 황제를 등에 업고 있습니다. 운신하거나 군사를 일으킬 때마다 황제의 명이라고 내세우고 있습니다. 게다가 지금 그 세력이 형주까지 뻗쳐 천하를 주름잡을 지경입니다. 우리가 믿을 것이라곤 장강뿐인데, 조조는 수천 척의 전선을 집결해 놓고 수륙으로 진격해 오려 하고 있습니다. 저희가 무슨 수로 조조를 막겠습니까? 일단 항복하여 시간을 번 뒤 나중에 계책을 세우는 것이 좋겠다는 것이 저의 생각입니다."

주유가 버럭 화를 냈다.

"어떻게 그런 정신 나간 소리를 지껄일 수 있소! 우리 강동은 나라를 일으킨 뒤 삼대 동안을 버텨 왔소. 그동안 힘들게 지킨 나라를 하루아침에 버리자니 말이나 되오?"

주위 신하들이 일제히 입을 다물어 사방이 조용해졌다.

손권이 물었다.

"그대의 생각은 어떠하오?"

한참 동안 주위를 노려보던 주유가 입을 열었다.

"제가 계책을 올리겠습니다."

손권이 고개를 끄덕였다.

"조조는 한나라의 승상이라지만 누구나 아는 것처럼 한나라의 역적 아니겠습니까? 주공께서는 힘을 갖춘 영웅으로서 아버님과 형님의 위업을 물려받아 강동을 다스리고 계십니다. 군사도 훈련이 잘되어 있고 곡식도 풍부합니다. 이런 주공께서 오히려 역적을 쳐서 없애야 하는데 항복을 하시다뇨?"

"하지만 조조가 너무나 강성하지 않소?"

"조조는 큰 약점을 갖고 있고 몇 가지 실수를 범했습니다."

"그게 무엇이오?"

"조조는 아직도 북방을 평정하지 못했습니다. 마등†이나 한수†의 무리가 남아 있는데 남쪽으로 내려온 것은 큰 실수입니다. 그리고 북방의 군사들은 물에서 싸우는 수전이 능하지 않습니다. 그런데 배를 타고 우리 동오를 치겠다니 두 번째 실수입니다. 게다가 지금은 추운 겨울 아닙니까? 말을 먹일 풀이 없는데 말을 대거 끌고 왔습니다. 또 중원의 군사들이 강호를 건너오는 동안 풍토가 바뀌어 병에 걸리고 있습니다. 이렇게 꺼리는 것이 많은데도 군사를 일으켰으니 그 수가 아무리 많다 한들 결코 승리를 거둘 수 없습니다. 장군께서 조조를 사로잡을 기회는 바로 지금입니다. 저에게 병사 수천 명을 내주시면 강가로 나가 적을 물리치겠습니다."

백만 대군을 앞에 두고 수천의 군사만 달라고 한 주유의 기백과 용맹이 하늘을 찌르고도 남았다.

주유의 말에 용기를 얻은 손권이 말했다.

"늙은 역적 놈이 스스로 왕위에 오르려 한 지 이미 오래되었소. 그자가 두려워한 이는 여포와 원술, 원소, 유표 그리고 나였는데, 영웅들이 사라지고 오직 남은 사람은 나뿐이오. 이제 나를 치려고 하니 나는 굴할 수 없소. 장군의 생각이 나의 생각이오. 그리고 하늘이 나에게 내린 명령이오."

손권이 자신을 영웅이라 칭하며 유비는 제

마등은 일찍이 정서장군을 지냈어. 흥평 원년(194) 한수와 함께 이각, 곽사 등을 공격하다 싸움에 패하자 양주(涼州)로 돌아가 한 지역을 분할점거해 힘을 키우지.

한수 역시 마등과 함께 이각, 곽사 등을 공격하다 패해 양주(涼州)로 퇴각한 다음 한쪽 지방을 떼어 차지하게 돼.

외했다. 유비 세력이 아직은 미미하다 여긴 것이다.

주유가 다시 말했다.

"신은 주공을 위해 목숨을 바칠 각오가 돼 있으나, 주공께서 결단을 못 내리실까 그것이 염려되옵니다."

주유가 말을 마치자마자 손권이 보검을 뽑아 벼락같이 책상을 내리쳤다. 그러자 책상 모서리가 멀찍이 떨어져 나갔다.

"조조에게 항복하려는 자가 있다면 지위 고하를 가리지 않고 이렇게 될 줄 아시오."

손권은 주유를 대도독, 정보를 부도독으로 임명하고, 노숙을 찬군교위로 삼았다. 손권이 주유에게 보검을 내리며 명령했다.

"누구든 명령을 거스르는 자는 이 칼로 목을 베시오!"

주유가 칼을 받아 허리에 찬 뒤 장수들에게 말했다.

"내 이제 주공의 명을 받아 조조를 칠 것이오. 모두 내일 강가로 모여 영을 받들도록 하시오. 늦게 오는 자는 목을 베겠소."

주유가 하직 인사를 올리고 물러나자 모두 말없이 흩어졌다. 싸움은 이미 시작된 것이다.

거처로 돌아온 주유가 제갈공명을 불렀다. 그의 계책을 듣고 싶었던 것이다.

"부디 좋은 계책을 말해 주시오."

제갈공명은 선뜻 입을 열지 않다가 말했다.

"손 장군께서 아직 마음이 흔들리고 있소. 지금 계책을 정할 수는 없는 노릇입니다."

제갈공명의 말에 주유가 의아해 물었다.

"어째서 마음이 흔들린다는 것이오?"

"아직도 조조 군사가 많은 것을 두려워하는 것이지요. 혹시 적은 군사로 대군을 상대하다 패배할까 불안해하니 장군께서 직접 찾아뵙고 의심을 풀어 확신을 갖게 해야 합니다. 그래야 무사히 대사를 치를 수 있을 것입니다."

"옳은 말씀입니다."

어려서부터 손권을 보아 온 주유였기에 제갈공명이 날카롭게 파악하고 있다는 사실에 은근히 놀랐다.

그날 밤 주유가 찾아가자 손권이 놀란 눈으로 물었다.

"이 밤중에 웬일이오? 무슨 일이라도 생겼소?"

"아닙니다. 내일 출병하는데 주공께서 혹시라도 꺼려지는 것이 있는지 여쭙고자 찾아왔습니다."

"꺼려진다기보다 조조 군사가 워낙 많아 싸움에서 행여 패할까 걱정스럽소."

"그러실 줄 알았습니다. 주공, 조조는 원래 중원의 군사가 십오륙만 명이었는데 오랫동안 싸움을 해 온 탓에 지쳐 있습니다. 원소의 군사를 얻었다곤 하지만 다 흩어지고 칠팔만 명밖에 흡수하지 못했지요. 게다가 그들은 진심으로 조조에게 복종하는지도 알 수 없는 떠돌이들입니다. 저에게 오만의 군사만 주시면 조조를 충분히 물리칠 수 있습니다. 너무 심려하지 마십시오."

주유의 말을 듣고 난 손권은 비로소 안심이 되었다.

"그대 말을 들으니 비로소 불안감이 걷혔소. 장소에게 몇 번인가 물었지만 그자는 계책이 없어서 아주 실망했소. 노숙과 그대가 나와 뜻이 같구려. 나가서 싸우되 사태가 여의치 않으면 내가 직접 도울 테니 마음껏 싸우시오. 내가 뒤를 봐주겠소."

"감사합니다, 주공!"

손권의 마음을 굳게 다독이고 나오며 주유는 은근히 두려움에 떨었다. 제갈공명이 이 모든 것을 손바닥 들여다보듯 알고 있었기 때문이다. 계략이 자신보다 한 수 위라는 것을 깨달은 주유는 제갈공명이 나중에 큰 우환이 되겠다는 예감이 들었다. 더 늦기 전에 없애야겠다는 생각에 노숙을 불러 이야기했다.

"아무래도 제갈공명을 제거해야겠소."

"그게 무슨 말씀입니까? 제갈공명은 우리의 동맹군 아닙니까? 안 될 말씀입니다."

노숙은 펄쩍 뛰었다.

"멀리 보면 제갈공명이 더 큰 적이 될 것 같소."

"조조를 물리치지도 못했는데 인재를 없애다뇨? 나를 돕겠다는 사람을 죽이는 꼴밖에 안 됩니다."

"하지만 이대로 두면 분명히 강동에 큰 우환이 될 것이오."

"그럼 이렇게 하면 어떻겠습니까?"

"말해 보시오."

"제갈근이 제갈공명의 형 아닙니까? 제갈근을 통해 제갈공명을 설득시켜 보시지요."

주유가 무릎을 쳤다.

"그거 참으로 좋은 생각이오. 형제간에 서로 말이 통하면 우리 강동 편이 되지 않을까 싶소이다."

다음 날 주유는 군사들의 호위를 받으며 군영으로 나갔다. 높은 단에 올라앉아 관원들과 장수들에게 영을 내리는데 부도독에 임명된 정보가 보이지 않았다. 정보는 주유보다 나이가 많았는데 나이 어린 주유가 대도독에 오르자 불만을 품고 아들 정자를 대신 내보낸 것이다. 그러나 주유는 이를 묵인하고 장수들에게 단호하게 명령했다.

"제장들은 각자 맡은 직분에 충실하기 바란다. 지금 조조가 하는 짓은 동탁에 비길 바가 아니다. 황제를 허도에 가두어 놓고 군사를 풀어 우리를 죽이려 가까이 다가와 있다. 이제 명령을 받들어 조조를 무찌를 것이니 있는 힘을 다해 적을 쳐부수자! 하지만 민폐를 끼쳐선 안 된다. 공로를 세운 자에게는 상을 줄 것이요, 죄를 지은 자에게는 벌을 내릴 것이니 예외는 없다. 그 누구라도 봐주지 않겠다."

주유는 한당과 황개를 선봉으로 삼고 전선과 군기를 수습해 군사들에게 출정을 선언했다.

그날 집으로 돌아온 정보의 아들 정자는 아버지에게 자기가 보고 들은 것을 알렸다.

"아버님, 주유 장군은 나이가 어리지만 보통 사람이 아닙니다."

"그래, 그 새파란 애송이가 군사를 잘 지휘하더냐?"

정보가 여전히 불만스러운 얼굴로 물었다.

"주유 장군이 장수들에게 영을 내리는 것을 보니 조금도 법도에 어긋나지 않았습니다. 놀라웠습니다."

"그래?"

"주유 장군은 진정 하늘이 낸 인물입니다. 아버님이 따르지 않으면
안 되겠습니다."

아들의 말을 들은 정보는 당황했다.

"나는 주유가 나약한 자라 장수 기질이 부족하다 생각했는데 참으로
뛰어난 장수였구나. 그렇다면 내가 불복할 이유가 없도다."

정보는 곧장 채비를 하고 군영에 나가 주유에게 사죄했다.

"대도독! 미흡한 제가 잠시 딴마음을 먹었습니다. 용서하십시오. 앞으
로 충실히 명에 따르겠습니다."

"어허, 그게 무슨 말씀이십니까? 이제 같이 힘을 합쳐 간신 조조를 물
리칩시다."

주유는 정보를 위로하며 받아들였다. 또한 주유는 조용히 제갈근을
불러 넌지시 생각을 밝혔다.

"그대의 아우인 제갈공명은 참으로 뛰어난 인재요. 그런데 어찌하여
유비 같은 부족한 이를 섬기고 있소?"

"저희 형제는 각자 자기 뜻에 따라 움직이는 터라 무어라 말씀드릴
수가 없습니다."

"다행히 그대의 동생이 동오에 와 있으니 잘 설득해 우리 주공을 섬
기도록 얘기해 보시오. 그리되면 우리 주공은 좋은 군사를 얻는 것이고,
그대는 형제가 함께 있으니 좋은 일 아니겠소?"

"알겠습니다. 제가 동오에 와서 별 공을 세우지 못했는데 도독의 명

에 따라 이번에 힘써 보겠습니다."

제갈근은 곧장 동생을 찾아갔다. 두 형제는
오랜만에 만나 서로 눈물을 흘리며 반갑게 집
안 대소사에 대한 얘기를 나누었다. 시간이 흐
르자 제갈근이 슬쩍 운을 띄웠다.

"아우야, 너는 옛날에 은나라가 멸망했을 때
수양산에 숨어 절개를 지켰던 백이숙제[†]를 알
잖느냐?"

그 말은 다시 말해 형제간의 우애가 두텁다
고 이야기하는 것이었다. 제갈공명이 이를 모
를 리 없었다.

"백이숙제는 누구나 인정하는 성현이지요."

"그 사람들은 수양산에 들어가 굶어 죽었지만
끝까지 형제가 헤어지지 않았다. 그런데 너와 나
는 주인이 달라 자주 볼 수도 없고 그리워만 하
니, 백이숙제를 생각하면 참으로 부끄럽구나."

제갈공명은 특유의 날카로운 논리로 이야
기를 끊었다.

"형님 말씀은 잘 알겠습니다. 형님이 하시는
말씀은 인정에 따른 호소지요. 물론 무시할 수
없습니다. 하지만 이 아우는 의리를 지키고자
합니다. 우리는 다 같이 한나라 백성이며 신하

'백이숙제(伯夷叔齊)'에서 '백(伯)'과
'숙(叔)'은 장유(長幼)를 나타내. 백이
와 숙제는 한 나라를 다스리던 고죽
군의 아들이었는데 고죽군이 나라
를 숙제에게 물려주려 했어. 숙제가
예법에 어긋나는 일이라고 사양하
자 백이 역시 받지 않았지. 결국 두
형제는 나라를 떠나 문왕의 명성을
듣고 주나라로 가게 돼. 하지만 문
왕은 이미 죽고 그의 아들 무왕이
왕위에 올라 은나라를 정벌하려 했
어. 백이와 숙제가 정벌의 부당함을
간했지만 무왕이 듣지 않았어. 그러
자 두 사람은 주나라의 녹을 받은
것을 부끄럽게 여겨 수양산에 들어
가 고사리만 뜯어 먹다 굶어 죽고
말아. 이런 고사를 바탕으로 충절의
대명사로 통하게 되었어.

주유

태위 주충의 조카로, 대대로 고관을 지낸 명문가 출신 영웅이야. 동년배인 손책과 쇠를 끊을 정도의 강한 우정을 보여줬어. 손책이 죽자 그의 동생 손권을 모시며 동오의 모든 일에 관여했지. 제갈공명과 쌍벽을 이루는 지략과 용맹을 겸비한 장수로 묘사되고 있어. 어릴 때부터 음악에도 정통해 음이 틀리면 돌아본다는 평을 받았어. 오늘날로 치면 절대음감을 가진 게 아닐까 싶어. 늘 자신감이 넘치고 재주와 리더십이 뛰어난 인물이야.

아니겠습니까? 유 황숙은 한나라 황실의 후예입니다. 형님께서 이참에 저와 함께 유 황숙에게 가시는 것이 어떻겠습니까? 그리되면 우리가 인정과 의리를 모두 지키는 것이 됩니다."

제갈공명의 논리에 제갈근이 오히려 설득당하게 생겼다.

"……."

제갈근은 말로 될 일이 아님을 깨닫고 가만히 앉아 있었다. 제갈공명도 더 채근하지 않았다. 인정보다 의리의 논리로 접근하자 당할 재간이 없었던 것이다.

제갈근은 돌아가서 주유에게 이런 사실을 털어놓았다.

"동생을 설득하지 못했습니다. 오히려 제가 설득당할 뻔했습니다."

주유는 은근히 제갈근이 걱정되어 물었다.

"그래서 공은 동생과 함께 유비에게 갈 작정이오?"

"아닙니다. 저는 동오에 남을 것입니다. 주공의 은혜를 배반할 수는 없습니다."

"공이 충심을 다해 주공을 모시면 되오. 제갈공명은 내가 설득해 보겠소."

주유는 무슨 일이 있어도 제갈공명을 자기 사람으로 만들려 했다. 그게 안 되면 죽일 수밖에 없었다. 다음 날 출정하면서 주유가 제갈공명에게 함께 가자고 청했다. 제갈공명이 거절할 이유는 없었다.

드디어 배에 오른 군사들이 돛을 올리고 하구를 향해 출발했다. 삼강구에서 오륙십 리 떨어진 곳에 도착해 배를 정박하고 언덕 위에 진을 쳤다. 주유가 진영을 정비하고 이런저런 명령을 내려 싸울 준비를 한 뒤 제갈공명을 불렀다. 제갈공명이 막사에 들어서서 주유에게 물었다.

"조조와 일전을 앞두고 있습니다. 공은 무엇을 생각하십니까?"

"과거의 조조를 생각했소. 원소와 조조의 싸움에서 왜 숫자가 적은 조조가 이겼다고 생각하오?"

주유의 물음에 제갈공명이 답을 했다.

"원소의 군량미를 차단했기 때문이지요."

"맞습니다."

주유가 맞장구를 치며 말을 이어 갔다.

"허유의 계책 덕분이었지요. 허유는 오소를 습격해 창고에 쌓아 둔 곡식을 모조리 불태워 없애는 계책을 썼소. 지금 조조의 군사는 팔십만이 넘는데 우리는 오륙만뿐이니 어찌 막겠소? 이번에 우리가 쓸 수 있는 전략은 조조의 군량미를 차단하는 것뿐이라 생각하오. 조조의 마초와 식량이 지금 취철산에 있다고 하니 선생께서 그곳 지리를 잘 아시지 않습니까? 관우, 장비, 조자룡을 이끌고 취철산에 가서 조조의 군량 저장소를 습격하시오. 내가 군사 천 명을 보태 드리겠소."

무서운 계략이었다. 제갈공명이 말을 듣지 않으면 죽여 버리려는 심산이었다. 자신의 제안과 작전을 제갈공명이 거절하면 세상이 비웃을 테고 따르면 죽음이 있을 뿐이었다.

"알겠소이다. 그대로 따르겠습니다!"

제갈공명이 흔쾌히 대답하자 주유는 자신의 귀를 의심했다.

"좋습니다. 승리는 우리의 것입니다!"

제갈공명이 물러나자 노숙이 주유에게 물었다.

"우리도 군사가 있는데 왜 굳이 제갈공명에게 군량 저장소를 습격하라 했습니까?"

"허허, 내가 꼭 내 손으로 제갈공명을 죽여야 할 이유가 어디 있소? 세상 사람들의 욕을 먹는 짓 아니오? 조조의 손을 빌려 죽인다면 이것이 바로 차도살인†이라 할 수 있지요."

주유의 말을 듣고 난 노숙은 불안했다. 제갈공명을 동오로 데려온 뒤 자주 만나면서 어느새 그를 걱정하는 처지가 된 것이다. 모든 일에 막힘이 없고 의리와 충절을 위해 목숨을 바치는 제갈공명이 존경스럽기까지 했다.

노숙이 찾아갔을 때 제갈공명은 군마를 정비하며 떠날 채비를 했다. 주유를 의심하는 눈치는 전혀 없었다. 노숙이 차마 사실을 밝힐 수 없어 이렇게 물었다.

"제갈공명 선생은 그 일을 과연 성공할 수 있다고 생각하시오?"

제갈공명이 웃으며 대답했다.

"나는 수전이든 보전이든 마전이든 거전이든 어떤 전투에도 능한 사람입니다. 전법을 다 알기 때문이지요. 그러니 어찌 성공을 못 하겠습니까? 그대나 주유는 한 가지만 능하지 않소

여기서 잠깐!!

차도살인(借刀殺人)은 남의 칼을 빌려 사람을 죽이는 계책이야. 남의 힘을 빌려 적을 치면 자신의 힘을 쓰지 않고 일을 도모할 수 있어. 내 칼에 피를 묻히지 않고 남의 칼에 피를 묻히는 고도의 전략이지.
춘추 시대에 정나라 환공이 회나라를 공격할 계획을 세웠어. 그는 먼저 회나라의 유능한 인물의 명단을 만든 후 회나라를 공격하면 이들에게 관작을 수여하고 토지를 나누어 줄 거라는 소문을 퍼뜨렸지. 소문을 들은 회나라 왕은 환공의 속임수에 넘어가 자기 신하들을 자기 손으로 제거하는 어리석음을 범했어. 그러자 정나라는 회나라를 공격해 간단히 멸망시켰어. 이처럼 계략을 잘 쓰면 적이나 제3국의 힘과 재물 등을 빌려 쓸 수 있는데, 이를 이르러 '차도살인'이라 해.

이까?"

"한 가지만 능하다니요? 그게 무슨 말씀입니까?"

"내가 이곳에서 아이들이 부르는 노래를 자세히 들었소. 그랬더니 군사들을 숨겨 놓고 관문을 지키는 건 노숙이 제일이고, 강에서 싸우는 건 주유가 제일일세, 이런 노래를 부릅디다. 그러니 그대는 노래에 나오는 대로 관을 막을 줄만 알고, 주유는 물에서 싸울 줄만 아니 육지 싸움이 자신 없다는 뜻 아니겠소? 그래서 나에게 가라는 것이니 내가 갈 수밖에요. 허허, 아이들 노래가 틀린 말이 없다니까요."

"그, 그렇습니까?"

노숙이 당장 주유에게 달려가 그런 사실을 알렸다. 얘기를 듣고 난 주유는 몹시 자존심이 상했다.

"뭣이라? 내가 육전에 능하지 않다고? 내 당장 직접 취철산에 가서 조조의 군량 저장소를 없애버리겠소. 두고 보시오!"

이번에는 노숙이 제갈공명에게 달려왔다.

"주 도독이 대로하여 지금 직접 취철산의 군량 저장소를 치러 간다 하오."

그러자 제갈공명이 웃었다.

"하하하, 주 도독이 나에게 조조의 군량 저장소를 습격하라 한 건 조조의 손을 빌려 나를 없애려는 뜻 아니었소? 내가 몇 마디 말장난을 했더니 버럭 화를 내셨구려."

노숙은 깜짝 놀랐다.

"아니, 그걸 다 알고 계셨습니까?"

"어찌 내가 모르겠소? 지금은 힘을 합쳐 역적과 싸워야 할 시기인데 시기하고 해치려고만 하면 어떻게 큰일을 이루겠소?"

"우리 도독이 가시면 성공할 것 같습니까?"

"이보시오, 조조는 평생 남의 군량을 끊는 계략으로 승리를 얻은 자요. 그만한 대비가 없겠소이까? 주유가 취철산으로 가면 그 순간 조조에게 사로잡힐 것입니다."

"그럼 어찌하면 좋습니까?"

"우리가 할 수 있는 일은 가장 잘하는 분야에서 승리를 거두는 것이오. 수전에서 이긴 뒤 다음 계책을 세워야 하니 가서 주 도독을 좋은 말로 타이르시오. 큰 싸움 앞두고 잔꾀 부리지 말라고."

노숙이 곧장 달려가 주유에게 제갈공명의 말을 전했다.

"제갈공명이 내 속을 그토록 훤히 들여다보고 있었단 말이오?"

주유는 분해서 발을 동동 굴렀다. 하지만 어쩔 수 없는 일이었다. 제갈공명의 식견이 자신보다 몇 배 월등하다는 것을 알았으니 말이다. 다만 언젠가는 반드시 죽이고 말겠다는 결심만은 더 굳어만 갔다.

주유는 노숙의 말에 따라 흥분을 가라앉혔다. 아무리 신묘한 약이라도 원한의 병은 고치기 어렵다. 이 둘의 관계는 천지간의 운명으로 이루어질 일이었다.

이때 유비는 몸을 추스르고 난 뒤 유기에게 강하를 지키라 이르고 장수들을 데리고 하구로 돌아갔다. 멀리 강 건너편을 바라보니 깃발이 나부끼고 창날과 칼날이 햇빛 아래 번쩍였다. 동오에서 군사를 일으켜 싸울 준비를 한다는 증거였다. 유비가 군사들을 모조리 번구에 주둔시킨 뒤 장수들에게 말했다.

"제갈공명 군사께서 동오에 간 뒤 통 소식이 없구려. 답답하니 누가 가서 동태를 살피고 오면 좋겠소."

측근 심복인 미축이 유비의 명에 따르기로 했다.

"군사들을 위로하러 왔다고 하고 두루 살펴보고 오시오."

미축이 예물과 술을 가지고 동오로 출발했다.

미축이 강을 건너가자 주유가 반갑게 맞았다. 미축은 절을 한 뒤 예물을 바치고, 유 황숙이 주 장군을 공경한다는 말을 전했다. 주유가 잔치를 열어 후하게 대접하자 미축이 주유에게 청했다.

"제갈공명 군사께서 동오에 오신 지 오래되었습니다. 돌아가는 길에 함께 갔으면 합니다."

"그건 안 되오. 지금 선생은 나와 함께 계책을 세워 역적 조조를 무너뜨리려 하고 있소. 한시도 자리를 비울 수 없소이다. 오히려 나는 유 황숙과 이야기를 나누고 싶소. 내가 찾아뵙는 게 도리지만 대군을 맡고 있는 터라 움직일 수 없으니, 혹시 이쪽으로 건너오실 수 있다면 큰 영광이겠소이다."

미축은 주유의 제안을 받고 하구로 돌아갔다.

그러자 노숙이 주유에게 물었다.

"어찌하여 유비를 부르려 하십니까?"

"허허, 유비 역시 천하의 영웅 아니오? 나중에는 그 역시 없애야 할 대상일 뿐이오. 그래서 이참에 유인해 죽일 생각이오. 제갈공명과 유비를 동시에 죽인다면 동오는 큰 화근 덩어리를 없애는 게 될 거요."

노숙이 깜짝 놀라 말렸다.

"함께 힘을 합쳐야 하는데 어찌 그런 생각을 하십니까?"

주유는 유비만이라도 꼭 제거하고 싶었다. 유비를 죽이면 제갈공명이 어쩔 수 없이 동오에 귀순하리라 믿었다. 노숙의 말도 듣지 않고 주유는 도부수 오십 명을 장막 뒤의 벽에 숨겨 두었다. 유비가 오면 목을 치기 위해서였다.

미축은 바로 강을 건너가 유비에게 주유의 제안을 알렸다.

"오, 제갈공명 군사가 그립던 차에 잘됐군. 이참에 주유도 만나 봐야겠소."

유비는 아무 의심도 하지 않고 빠른 배를 타고 주유를 찾아가려 했다. 그때 관우가 나서서 제지했다.

"듣자하니 주유는 잔꾀가 많다 했습니다. 게다가 제갈공명 군사는 오시라고 했으면 말로만 할 분이 아닙니다. 분명 서신이라도 보냈을 것입니다. 그런데 아무것도 없는 걸 보면 그냥 지켜보고 있으라는 뜻 아니겠습니까? 가지 마십시오."

"아니다. 동오와 손을 잡고 조조를 치려는 판국에 동맹군 도독인 주유가 만나자는데 거절하는 것은 예의가 아니다."

"그렇다면 제가 모시고 가겠습니다. 그래야 안심이 됩니다."

관우가 나서자 장비도 따라 나섰다.

"나도 가겠소!"

"이번에는 장비가 조자룡과 함께 영채를 지키고 있어라. 내가 잠시 주유만 만나고 돌아오겠다."

유비는 관우와 함께 시종 이십여 명만 거느리고 작은 배로 강을 건넜다. 강동에 도착하자 수많은 전선이 강물을 뒤덮고 있었다. 그 모습을 보고 유비가 감탄했다. 군사들이 질서정연하게 배를 대놓은 모습이 무엇보다 든든했던 것이다. 주유는 유비가 작은 배 한 척을 타고 왔다는 말을 듣고 무척 기뻐했다.

"유비도 이제 끝이로다. 내 이자를 죽여 화근을 없애리라!"

주유는 도부수를 여럿 숨겨 놓은 곳으로 유비를 안내했다. 유비는 시종들을 데리고 막사로 들어섰다.

"어서 오십시오, 유 황숙! 주유 인사드립니다."

"주 도독, 불러 주니 참으로 영광이오."

예를 갖추고 나서 자리를 잡고 앉자 주유가 잔치를 베풀어 대접했다. 그때 제갈공명은 강변에서 전략을 짜다가 유비가 왔다는 소식을 듣고 깜짝 놀랐다.

"아니, 이게 무슨 날벼락 같은 소린가? 중차대한 이 시점에 주공께서 동오에 오시다니?"

제갈공명은 서둘러 막사로 달려갔다. 자신의 계획에 일어나서는 안 되는 일이 벌어진 것이다. 주유와 유비의 술자리가 한창인 장막 안을 몰래 엿보았더니 이미 잔치는 벌어지고 주유의 얼굴에 살기가 감돌았다. 그늘에 매복한 도부수들까지 보였다.

'아, 주공께서 여기서 돌아가시겠구나.'

제갈공명은 두려운 마음으로 유비를 바라보았다. 유비는 그런 사실을 전혀 눈치채지 못한 채 파안대소하며 주유와 이야기를 나누었다. 제갈공명의 정신이 아득해지려 할 때 유비의 뒤쪽에 선 키 큰 무장이 눈에 들어왔다. 긴 수염을 본 제갈공명은 비로소 안심했다.

'아, 관운장이 따라왔구나.'

관우가 있다면 유비의 목숨은 지킬 수 있기 때문에 제갈공명은 조용히 강변으로 돌아갔다.

술자리에서 취흥이 오르자 주유가 마침내 신호를 주려고 잔을 들어 던지려 했다. 그 순간, 유비 뒤에 있던 저승사자 같은 장수가 눈에 걸렸다. 눈에 핏발이 선 기세와 당당한 자태에서 우러나는 위엄에 억누르기 힘든 살기가 있었다.

주유가 깜짝 놀라 물었다.

"뒤에 선 저 장수는 누굽니까?"

"아, 인사를 못 올렸습니다. 저의 아우인 관운장입니다."

주유는 등골이 오싹했다. 관운장의 전설 같은 무용담은 이미 강동에도 널리 퍼져 있었다.

"안량과 문추를 죽였던 바로 그 장수입니까?"

"맞습니다."

"조조에게 몸을 의탁했다가 다섯 관문을 깨고 돌아왔다는 그 관운장 말씀이시지요?"

"그렇다니까요!"

등에 식은땀이 흘렀다. 도부수들이 덮치면 유비를 죽이기 전에 자기가 먼저 청룡도에 목이 날아갈 것 같았다. 주유가 들고 있던 술잔을 던지려다 말고 술을 따라 관우에게 건넸다.

"그대의 깊은 충성심은 내 오래전에 들었소. 잔을 받으시오."

"감사합니다!"

관우는 예의상 잔을 받아 마시면서도 주위의 경계를 늦추지 않았다. 그때 유비가 청했다.

"나의 군사인 제갈공명을 보고 싶소. 어디 계시오? 좀 불러 주시오."

그러나 주유는 단호하게 막아섰다.

"지금은 전시입니다. 조조를 물리친 다음에 만나도 늦지 않습니다."

"하긴 그렇소이다."

그 말에 유비는 어쩌지 못하고 입맛만 다셨는데 관우는 이미 심상치 않은 낌새를 눈치챘다. 호위하는 장수에게 술잔을 건네는 것은 예의에 어긋나는 일이다. 주유가 그런 결례를 범했다는 것은 뭔가 켕기는 일이 있다는 증거였다. 관우가 눈짓을 하자 유비도 눈치를 채고 자리에서 일어나 예를 갖췄다.†

"대도독, 나는 이만 일어나겠소이다. 조조를 물리친 다음에 다시 와서 인사드리겠습니다. 부디 천지가 우리 편이 되어 대역적을 물리칠 수 있기를 바랍니다."

"감사한 말씀입니다."

주유는 유비를 말리지 못하고 장막 밖까지 배웅했다. 유비와 관우가 강가에 이르러 배에 오르자, 배 안에 몸을 숨기고 있던 제갈공명이 모습을 드러냈다.

"주공, 오늘 정말 큰일 날 뻔하셨습니다!"

"아, 공명 군사! 그대가 보고파 내 이렇게 몸소 왔소이다."

"저를 만나는 게 중요한 일이 아닙니다."

"무슨 말이오?"

제갈공명이 자초지종을 이야기하자 유비는 깜짝 놀랐다.

"이렇게 위험한 곳에 어찌 그대를 두고 나 혼자 가겠소? 나와 함께 번구로 돌아갑시다."

"그럴 수 없습니다. 주공, 소신은 호랑이의 입속에 들어와 있지만 아주 편안히 지내고 있습니다. 그저 지금 제가 드리는 말씀만 잘 들어주십시오. 11월 20일 갑자일에 조자룡에게 빠르고 조그만 배 한 척을 타고 와 남쪽 언덕에서 저를 기다리라 일러 주십시오. 이 말을 잊으시면 안 됩니다."

"알았소. 언제 돌아올 테요?"

"동남풍과 함께 돌아가겠습니다."

"그때까지 무사하시오."

제갈공명은 유비를 배웅하고 서둘러 자리를 떠났다. 유비는 배를 타고 돛을 올려 상류로 거슬러 올라갔다. 그때 상류 쪽에서 오륙십 척의 배가 강동을 향해 다가오는 것이 아닌가.

여기서 잠깐!!

주유가 유비를 죽이려 한 사건은 진실일까, 허구일까? 정사를 살펴보면 두 사람이 만난 것은 사실이야. 하지만 주유가 유비를 살해할 목적이 아니라 유비가 주유의 군사를 위문할 목적으로 만남이 이루어졌어. 그러다 보니 여기에 나오는 설정은 독자들의 흥미를 끌기 위해 허구적으로 꾸며졌을 가능성이 높아. 그리고 두 사람이 만난 곳도 역사서에는 번구로 되어 있어. 나관중은 주유를 악역으로 만들고 유비와 제갈공명을 귀하고 지혜로운 인물로 표현하여 극적 흥미를 높인 것이지.

"웬 배냐?"

뱃머리에서 살펴보니 상대편 뱃머리에 장팔사모를 비껴들고 서 있는 장비가 보였다.

"아우가 어쩐 일인가?"

"형님, 무사하시오? 혹시나 해서 모시러 왔소이다."

"허허, 괜찮다!"

유비 삼 형제는 벌써 오랜 기간 함께 지내는 동안 말을 하지 않아도 느낌으로 안위를 걱정하는 경지에 오른 것이다.

한편 유비를 보내 놓고 노숙이 주유에게 물었다.

"다 잡은 물고기를 왜 놓아주셨습니까?"

"관운장이 따라온 줄 몰랐소. 관운장이야말로 호랑이 같은 장수 아니오? 유비의 목을 치려다 내가 먼저 죽을 뻔했소."

노숙도 주유의 말을 듣고 덩달아 놀랐다.

그때 조조가 주유에게 서신을 보내왔다. 보나 마나 항복을 종용하는 서신이 분명했다. 봉투에 커다란 글씨로 '한나라 대도독 주유에게 하사하노라!'라고 쓰여 있었다.

가뜩이나 유비를 놓쳐 화가 치민 주유는 조조의 편지를 보지도 않고 그 자리에서 찢어 버렸다. 사람을 발아래 놓고 희롱하는 듯한 태도가 비위를 건드린 것이다.

"편지를 가져온 사자의 목을 베어 버려라!"

노숙이 황급히 말렸다.

"전쟁 중일 때는 사자를 베지 않는 법입니다."

"잔말 말게. 사자의 목을 베어 나의 위엄을 조조에게 보여주리라!"

결국 사자의 목은 조조에게 보내졌다.

주유가 군사들에게 명령했다.

"내일 새벽밥을 먹은 뒤 오경에 일제히 배에 올라 북소리에 맞춰 적진으로 쳐들어간다!"

이때 조조 역시 분기가 하늘을 찌르고도 남았다. 사자가 죽어 돌아왔기 때문이다. 조조는 당장 형주에서 항복한 채모와 장윤 같은 장수들을 전군으로 삼고 자신은 후군이 되어 전선을 이끌고 삼강구로 나아갔다. 맞은편에 있던 동오의 전선들이 새카맣게 강을 덮으며 때맞추어 공격을 개시했다.

맨 앞 뱃머리에서 한 장수가 큰 소리로 외쳤다.

"나는 동오의 감녕이다! 누가 나와 맞서 싸우겠느냐?"

조조 진영에서 채모가 자신의 아우 채훈을 내세웠다. 두 배가 가까이 다가서자 감녕이 느닷없이 활을 쏘았다. 채훈은 미처 싸울 태세도 갖추기도 전에 화살에 맞아 쓰러졌다.

"와!"

기세를 얻은 감녕의 군사들은 배를 몰아 진격하며 일제히 화살을 퍼부었다. 첫 싸움에서 조조 군사들은 변변히 대응도 못 했다. 좌우에서 장흠과 한당이 치고 들어가자 수전에 능하지 않은 조조 군사들이 일렁이는 배 때문에 구역질을 하거나 머리가 빙빙 돌아 활을 제대로 쏘기조차 쉽지 않았다.

그러나 동오의 군사들은 마치 땅 위를 걷듯 물 위에서 종횡무진으로 누비고 다녔다. 주유까지 세를 더하여 치고 들어오자 강물에 떨어져 죽은 자, 배 위에서 돌에 맞아 쓰러진 자, 화살에 맞아 쓰러진 자들이 속출했다. 해가 떠서 시작된 싸움은 중천을 지날 때까지 계속되었다. 주유가 적에게 상당한 타격을 입혔지만 조조 군은 꿈쩍하지 않았다. 그러다 보니 시간이 갈수록 수가 적은 동오 군사들이 밀리기 시작했다. 역시 조조 대군을 단번에 쳐부수기란 힘에 벅찼다.

　"물러나라! 싸움은 여기까지다!"

　주유가 먼저 군사를 후퇴시켰지만 피해는 조조 군이 훨씬 컸다.

　조조가 채모와 장윤을 불렀다.

　"동오에서 온 군사들은 숫자도 적은데 어찌하여 우리 대군이 패했느냐? 너희들이 전력을 다하지 않은 것은 아니더냐?"

　채모가 두려움에 떨며 말했다.

　"저희 형주 군사들은 태평성대를 맞아 훈련을 많이 하지 못했습니다. 게다가 청주와 서주 군사들은 수전에 능하지 못해 날쌘 동오 군사를 상대하기에 역부족이었습니다."

　"그걸 말이라고 하는 게냐?"

　"하지만 방법이 없는 것은 아닙니다."

　"무엇이냐, 그 방법이?"

　"강물 위에 진지를 친 다음 청주와 서주 군사를 수채 안에서 훈련시키고 형주 군사들은 수채 밖에서 훈련시키겠습니다. 그러면 금세 효과가 나타나 적을 이길 수 있습니다."

나름대로 합리적인 작전이었다. 물이 처음인 군사들은 강물 위의 진지에서 적응하는 훈련을 하고, 물을 겪어 본 군사들은 진지 밖에서 훈련하겠다는 의미였다. 채모가 수군 도독이라, 조조는 알아서 하라고 할 수밖에 없었다.

"자신 있느냐?"

"물론입니다!"

"그럼 그렇게 하라."

그날부터 채모와 장윤은 수군을 훈련시켰다. 강변에 스물네 개의 수문을 세우고 큰 배들을 밖에 늘어 두어 성곽처럼 만들었다. 작은 배들은 그 안에서 왕래하도록 한 뒤 배마다 등불을 매달았다. 밤이면 온 사방에 등불이 비쳐 불야성이 따로 없었다.

첫 싸움에서 승리한 주유는 득의양양하여 공을 세운 군사들에게 상을 내렸다. 싸워서 이겼노라고 당당히 손권에게 보고도 했다.

그날 밤 주유는 높은 곳에 올라 적진을 살펴보았다. 불빛이 휘황찬란하게 밝은 조조의 진지는 그 위세가 어마어마했다. 도저히 패전한 군대의 진이라 볼 수가 없었다.

"아, 진정 조조 군의 세력이 대단하구나."

주유는 놀라웠다. 대군의 존재를 확인했기 때문이다.

다음 날 주유가 조조의 진지를 세밀하게 살펴보기 위해 놀잇배로 가장한 배를 타고 조조의 진지로 바싹 다가갔다. 가까이 가서 보니 진을 친 솜씨가 예사롭지 않았다. 수군의 전법을 잘 아는 자의 솜씨였다.

"도대체 누가 저렇게 수채를 견고하게 쳤단 말이냐?"

곁에 있던 휘하 장수가 말했다.

"채모와 장윤입니다."

주유는 생각했다.

'채모와 장윤은 강동 지방에서 잔뼈가 굵은 자들이라 수전에 능하다. 군사가 적은 우리가 수전에 능한 자들을 상대로 대등한 싸움을 벌이기란 정말로 쉽지 않다. 아무래도 꾀를 내어 두 장수를 없애야만 싸움에 승산이 있다.'

여기까지 생각이 미쳤는데 뒤늦게 조조 군사들이 주유가 탄 배를 보고 쫓아왔다.

"거기서 뭐 하는 게냐? 서라!"

주유가 재빨리 배를 돌려 도망쳤다. 주유의 배를 놓쳤다는 보고를 받은 조조는 노기를 다스리며 신하들에게 물었다.

"주유가 코앞까지 와서 우리 진영을 염탐하고 갔다. 그자를 잡을 방도가 없느냐? 계책을 내놓도록 하라!"

그때 장간†이 앞으로 나섰다.

"승상, 저에게 기회를 주십시오. 제가 세 치 혀를 놀려 주유를 설복시키고 항복을 받아 오겠습니다."

"그대가 주유를 아는가?"

"과거에 주유와 한 스승 밑에서 공부했습니다. 가서 이야기를 해보겠습니다."

조조가 흔쾌하게 허락했다. 장간은 곧장 도포를 걸치고 작은 배에 몸을 실어 강동으로 떠났다.

주유 영채에 닿은 장간이 큰 소리로 외쳤다.

"주 도독에게 옛 친구 장간이 왔다고 전해 주시오!"

소식은 곧바로 주유에게 전해졌다. 장막에 있던 주유가 보고를 받고 말했다.

"드디어 세객이 찾아왔군. 내 이자를 좀 이용해야 되겠군."

주유는 옷을 제대로 갖춰 입고 시종과 호위병들을 거느리고 장간을 맞이했다. 장간은 주유의 위세에도 굴하지 않고 당당한 모습을 보였다.

"주유, 정말 오랜만이군. 잘 지냈는가?"

두 사람은 반갑게 인사를 나누었다.

"자네, 나에게 유세†하러 온 것인가?"

장간이 놀랐지만 태연하게 말했다.

"이 사람아, 내가 그럴 리가 있나? 오랜만에 친구를 만나 회포를 풀려고 왔다네."

"어서 안으로 들게."

주유는 강동의 호걸이며 문무 관료들을 불러들여 인사를 나누라고 한 뒤 크게 잔치를 베풀었다.

풍악이 울리고 술잔이 돌자 주유의 목소리

장간은 조조의 막빈으로 있던 인물이야. 어려서 주유와 동문수학한 사이였어. 조조가 적벽에서 동오와 대치할 때 옛 친구로서 주유를 조조에게 투항하게 만들려 했지. 정사에 따르면 그는 외모가 좋고 언변이 뛰어난 인물이라 주유를 설득하러 갔지만 주유가 자신보다 더 뛰어나 설득할 수 없었다고 해.

유세(遊說)는 오늘날에는 정치인들이 사람을 모아 놓고 연설하는 것을 뜻해. 대중에게 연설을 통해 어떤 일을 실행하겠다고 약속하거나, 자기 의견이나 주장을 설명하며 돌아다니는 것을 말하지. 그 기원은 세객들이 여기저기 다니며 자신의 주장을 펼친 데 있어.

가 높아졌다.

"옛 친구가 멀리서 찾아오다니 기쁘지 아니한가. 오래전에 나와 같이 공부한 친구로 강북에서 왔다지만 조조가 보낸 세객[†]이 아니니 안심하도록 하시오."

그러더니 차고 있던 칼을 풀어 던지며 외쳤다.

"태사자, 내 칼을 받아라!"

주유의 장수인 태사자가 칼을 받아 허리에 찼다.

"오늘 이 자리는 옛 친구와 함께 오랫동안 쌓인 회포를 푸는 자리다. 그 누구라도 조조라든지 동오의 군사에 대한 이야기를 꺼내는 자가 있으면 즉시 목을 베라. 술맛 떨어진다."

장간은 하려던 얘기를 못 하게 되자 속이 답답했다.

"나는 군사들을 이끌고 나온 뒤 술을 한 방울도 입에 대지 않았지만 옛 친구를 만나 기분이 좋구나. 오늘은 한잔 먹고 크게 취해야겠다."

주유는 주거니 받거니 하면서 술을 들이켰다. 술이 얼큰하게 취하자 장간을 데리고 밖으로 나와 좌우에 늘어선 군사들을 자랑했다.

"내 군사들이 어떠한가?"

"참으로 훌륭하군."

그러고는 다시 막사 뒤로 돌아가 태산같이 쌓인 마초와 식량을 보여 주며 물었다.

"자, 이 마초와 군량은 어떠한가?"

주유는 취기를 빙자하여 과장되게 행동했다.

"과연 주유답게 군량도 넉넉하게 마련해 놓았구먼."

장간의 말에 주유가 호탕하게 웃었다.

"자, 오늘은 마음껏 먹고 취하도록 하세."

밤이 깊어지자 장간은 술을 더는 못 먹겠다고 사양했다. 그러자 주유가 술상을 거두라 명했다. 주유가 취한 목소리로 말했다.

"내 오랜만에 친구와 함께 같은 침상에서 잠을 자고 싶네."

옆에 있던 군사들이 부축하자 주유는 비틀거리면서도 장간을 끌고 함께 거처로 들어갔다. 옷을 입은 채 침대에 쓰러진 주유는 심하게 토하고 나더니 그대로 뻗어 버렸다.

장간은 뜻한 일은 입도 벙긋하지 못한 채 밤을 맞고 말았다. 깊은 밤까지도 잠을 이루지 못해 뒤척이다 일어나 방 안을 서성거렸다. 그때 문득 주유의 책상 위에 놓인 몇 통의 죽간[†] 문서가 눈에 띄었다.

'무슨 문서지?'

장간이 등불 아래에서 무심히 문서를 살펴보았다. 그 순간 심장이 멎을 뻔했다. '장윤과 채모가 올립니다.'라고 쓰인 첫 문장을 본 것이다. 깜짝 놀란 장간은 먼저 고개를 돌려 주유의 동태를 살폈다. 주유는 코를 골며 깊은

세객이라는 건 말하는 손님이란 뜻이야. 중국은 전쟁이 끊이지 않은 나라였어. 전쟁 중에 무사가 아닌데도 장수를 찾아다니며 자신의 아이디어와 꾀를 제안하는 사람들이 많았지. 이들은 제안이 채택되어 승리를 거두면 이익을 챙기는 식으로 삶을 영위했는데, 이들을 세객이라 했어. 세 치 혀로 남을 설득해 자신의 꿈을 펼치는 자들이었단다.

죽간은 대나무를 엮은 뒤 그 위에 글씨를 쓰는 기록 수단이야. 죽간으로 이루어진 편지를 죽찰(竹札)이라 부르기도 했어. 채윤이 이미 종이를 발명했지만 아직 크게 보급되지 않아 가죽이나 비단과 함께 사용했는데 무게가 무거운 단점이 있었지.

잠에 빠져 있었다. 장간은 조심스럽게 죽간을 펼쳤다.

주 도독!

저희들이 항복한 것은 벼슬이나 녹봉 때문이 아닙니다. 상황이 어쩔 수 없어 항복한 것이니 저희를 역적이라 여기지 마십시오.

이제 북군을 모두 다 강 위에 건설한 수채에 가두어 놓았습니다. 때가 되면 안에서 일어나 반드시 조조의 목을 바치겠습니다. 추호도 의심하지 마십시오. 저희들의 마음은 항상 도독에게 가 있습니다.

충격적인 배반의 편지였다. 장간은 편지를 품속에 집어넣었다. 애초의 목적은 달성하지 못했지만 조조에게 알리면 그에 못지않은 큰 공을 세울 거라는 생각이 들었다. 그때 주유가 몸을 뒤척여 황급히 불을 끄고 자리에 누웠다.

새벽녘에 막사 밖에서 누군가가 은밀히 주유를 찾았다.

"도독, 일어나시지요."

주유가 부스스 일어나다 옆에 누운 장간을 발견했다.

"이 사람은 누구냐?"

"친구 분이십니다. 어제 함께 주무시겠다고 하지 않으셨습니까?"

"아, 이런! 내가 술을 안 먹다 먹었더니 실수를 저질렀군. 술 취해서 무슨 말을 했는지 도통 알 수가 없네그려."

"도독, 강북에서 사람이 왔습니다."

주유가 깜짝 놀라 손가락으로 입을 막았다.

"쉿!"

주유는 혹시 장간이 깨었나 싶어 이름을 불렀다.

"장간, 자네 일어났는가?"

그러나 장간은 자는 체하며 코를 골았다.

"밖으로 나가세."

밖으로 나간 두 사람은 장간에게 들릴 듯 말 듯한 목소리로 이야기를 나누었다.

"장윤과 채모가 아직 기회를 못 잡았답니다."

"그건 그렇고······."

주유가 뭐라고 말했지만 뒷말은 알아들을 수 없었다.

잠시 후 주유가 막사로 들어와 장간을 불렀다.

"여보게, 일어났는가?"

이불을 뒤집어쓴 장간은 계속 자는 체했다. 주유가 갑옷을 벗고 다시 침상에 들어 잠을 청하자 장간은 주유가 잠들기를 기다렸다. 마침내 주유가 코를 골며 잠에 빠져들자 장간은 몰래 막사를 빠져나왔다. 보초들에게는 도독에게 폐가 될까 봐 일찍 돌아간다고 말한 뒤 배를 타고 곧장 강을 거슬러 올라가 조조에게 달려갔다.

조조는 기다렸다는 듯 장간을 맞았다.

"그래, 어찌 되었나?"

"주유를 설득하지 못했습니다. 뜻과 절개가 너무 강고했습니다."

"그럼 아무 소득이 없었단 말이냐?"

"주유를 설득하지 못했지만 승상께 좋은 정보를 가져왔습니다."

장간이 품에서 편지를 꺼내 조조 앞에 내밀었다. 그리고 잠자는 척하며 들었던 말을 그대로 전해 주었다.

"역적 놈들이 감히 내 밑에서 배신을 꿈꾸다니, 어찌 이럴 수 있단 말인가?"

격분한 조조가 채모와 장윤을 불러 즉시 출동 명령을 내렸다.

"두 장수는 오늘 당장 출병하라!"

"승상, 아직 군사들 훈련이 부족합니다."

그러자 조조가 벼락 치듯 소리쳤다.

"수군 훈련이 끝나면 네놈들이 내 목을 베려는 것이 아니더냐!"

채모와 장윤은 무슨 영문인지 몰라 어안이 벙벙했다. 사람을 의심하기로는 조조를 따를 자가 없었다.

"얘들아, 이 배신자들의 목을 베라!"

채모와 장윤은 전후 사정을 따질 새도 없이 목이 달아났다. 도부수들이 두 사람의 머리를 들고 들어오자, 흥분이 가라앉은 조조는 문득 자신이 계략에 속았을 수도 있다는 생각이 들었다.

"아차차, 내가 속았구나!"

훗날 사람들은 이 사건을 두고 '주유의 계교가 조조의 꾀를 눌렀다.'고 흔연히 칭송했다. 채모와 장윤이 배신에 배신을 거듭하다 하루아침에 조조의 칼날 아래 사라진 것은 천벌이라는 소문도 떠돌았다.

"승상, 왜 잘못도 없는 저들을 죽였습니까?"

뒤늦게 장수들이 원망했다.

"군법을 어긴 자들이다."

조조는 대충 둘러대고 말았다.

이런 사실을 알게 된 주유는 무척 기뻐했다. 노숙이 두 손을 들어 주유를 칭찬했다.

"근심거리를 없앴으니 경하드립니다. 대도독의 지략은 참으로 신묘합니다. 조조를 깨는 것도 어렵지 않겠습니다."

하지만 주유의 관심은 제갈공명에게 가 있었다.

"그동안 내 계략을 꿰뚫어 보는 이가 없었는데 제갈공명은 나보다 한 수 위니까 알고 있었을지도 모르오. 과연 알고 있었는지 그대가 알아봐 주었으면 좋겠소."

노숙이 재빨리 제갈공명을 찾아갔다.

"오랜만에 뵙겠습니다."

"나 역시 축하를 드려야 하는데 찾아뵙지 못했구려."

"축하라뇨?"

"주 도독이 선생을 보내지 않았습니까? 내가 아는지 모르는지 알아보라고."

노숙이 놀라서 낯빛이 변했다.

"어떻게 아셨습니까?"

제갈공명은 대수롭지 않다는 듯 말했다.

"하하하, 도독이 장간을 농락해 조조를 감쪽같이 속였지요. 하지만 조조도 이미 자기가 속았다는 걸 알 겁니다. 아무튼 채모와 장윤을 없앴으니 근심거리 한 가지가 사라진 셈이오. 그러니 축하드리는 겁니다. 듣자 하니 조조가 심복인 모개와 우금을 도독으로 삼았다는데, 그자들 때문에 조조의 수군은 망할 것이 분명하오."

노숙은 할 말을 잃었다. 제갈공명의 지혜와 지략은 도대체 어디까지 미치는지 그 넓이와 깊이를 알 수 없었다. 제갈공명이 노숙에게 은근히 부탁했다.

"공에게 부탁이 있소. 시기 질투가 강한 주 도독에게 내가 장간의 일을 알고 있더라고 하면 나를 더욱 미워할 것이오. 그러니 부디 장간의 일은 모르고 있더라고 해주시오."

노숙은 제갈공명에게 그러마고 말했지만 막상 주유에게는 사실대로 보고하지 않을 수 없었다. 예상대로 주유의 분노가 하늘을 찌르고도 남았다.

"이자는 도대체 그냥 놔둘 수가 없구나. 내 반드시 제갈공명을 죽여 없애 버리겠다!"

노숙이 말렸다.

"도독, 그러시면 안 됩니다. 그런 일이 일어나면 조조가 얼마나 좋아하겠습니까?"

"걱정 마시오. 내 구실을 만들어 제갈공명을 제거하겠소. 죽어도 원망할 수 없도록 하겠소. 지켜보시오."

주유는 다음 날 모든 장수들을 모은 뒤 제갈공명을 불러 작전 회의를 열었다.

"선생께 묻겠소. 곧 전투를 치러야 하는데 수전에서 어떤 병기가 가장 필요하다 생각하시오?"

제갈공명이 거침없이 대답했다.

"두말하면 잔소립니다. 넓은 강물에서는 적이 다가오기 전에 활을 쏘아 제거하는 것이 상책입니다."

"맞소이다. 선생은 역시 나와 생각이 같소. 그런데 선생이 이곳에 와서 계책을 내주고 있지만 오랜 기간 동안 특별한 임무를 드리지 못해 미안하게 생각하고 있었소. 이참에 우리 병사들이 화살이 부족한데 십만 대의 화살을 만들어 주서서 쓸 수 있게 도와주심이 어떠하오? 간절히 부탁드리오."

제갈공명이 웃으며 말했다.

"무슨 일이든 도움이 된다면 마땅히 해야지요. 십만 대의 화살을 언제 쓰실 생각입니까?"

"열흘이면 되겠소?"

"무슨 말씀을 하십니까? 조조 군사가 오늘 밤에라도 쳐들어올지 모르는데 열흘씩이나 잡다니요?"

"그러면 며칠이 필요하단 말이오?"

"사흘이면 충분합니다."

주유가 정색하고 말했다.

"군영에서는 헛소리가 용납되지 않는다는 건 알고 있을 것이오. 약속을 꼭 지켜야 합니다."

"내가 어찌 실없는 소리를 하겠소이까? 군령장†이라도 쓸 테니 사흘 안에 십만 대의 화살을 마련하지 못하면 중벌을 받겠습니다."

결국 제갈공명은 주유의 허락하에 군령장을 썼다. 화살을 마련하지 못하면 군법에 의해 죽음을 달게 받겠다는 약속이었다. 모든 상황이 주유의 뜻대로 돌아가는 듯했다.

주유가 물었다.

"내가 무엇을 도와드리면 되겠소?"

"일은 내일부터 시작하겠습니다. 사흘 뒤에 군사 오백 명을 강변으로 보내 화살을 가져가도록 하십시오. 그게 장군께서 하실 일입니다."

주유는 잔치를 베풀어 제갈공명을 대접했다. 제갈공명은 술을 한잔 마시고 처소로 돌아갔다. 노숙이 그의 뒷모습을 바라보다 주유에게 물었다.

"거짓말 아닐까요? 도무지 믿기지 않습니다."

"하하하, 거짓이면 목을 내놓겠다고 하지 않는가. 스스로 자초한 일이지 내가 강요한 일이 아닐세. 여러 사람이 보는 앞에서 반드시 화살을 만들어 오겠다고 했으니 지켜보자고."

"도독께선 어쩌실 생각입니까?"

"화살 만드는 장인들에게 태업을 지시할 생각이오."

한마디로 화살 만드는 장인들에게 명해 일을 게을리하게 만들겠다는 것이다. 재료도 제때 대주지 않고 천천히 일하라 명하면 제갈공명이 어쩔 수 없이 기한을 어기고, 결국 변명할 수도 없이 죽음을 맞게 될 터였다.

노숙은 걱정이 되어 제갈공명을 찾아갔다. 제갈공명은 노숙을 보자마자 원망부터 했다.

"그대 때문에 내가 이런 봉변을 당했소이다."

"송구합니다!"

"주 도독에게 말하지 말라 그렇게 부탁했건만 미주알고주알 다 일러 바치는 바람에 주유가 나를 더욱 미워하는 것 아니오. 내가 무슨 수로 사흘에 화살 십만 대를 만들겠소? 어찌하면 좋겠소이까?"

"그러게 말입니다. 애초에 거절하시지, 왜 하겠다고 하셔서……."

노숙은 방도를 찾지 못해 땀을 흘렸다.

"공께서 나를 좀 도와주신다면 내가 어떻게 해보겠소."

"무얼 도와드릴까요?"

"배 스무 척만 빌려 주시오. 그리고 각 배마다 군사를 서른 명씩 태운 뒤 푸른 천으로 휘장을 만들어 두르고 풀 더미를 양편에 쌓아 올려 촘촘히 덮어 주시오. 그러면 사흘 뒤 내가 화살 십만 대를 만들어 보겠소. 이번 일만큼은 제발 주 도독에게 알리지 마시오. 이걸 말하면 내 계획은 모두 허사가 되고 말 거요."

노숙은 지난번 일로 미안하기도 해서 흔쾌히 부탁을 들어주기로 했다. 대신 주유에게는 이렇게 보고했다.

"제갈공명은 대나무니 아교 따위의 재료 없이도 화살 십만 대를 만들겠다고 큰소리를 쳤습니다."

여기서 잠깐!!

군령장은 말 그대로 '군령을 적은 종이'야. 《삼국지연의》에 자주 나오는데 가만 보면 전쟁 나가는 장수가 군령장을 쓴다는 건 좀 이상하지. 군령을 받는 입장이지 쓰는 입장이 아니기 때문이야. 여기에는 군령장의 또 다른 의미가 있다는 걸 알아야 해. 바로 각서의 뜻이 있거든. 주어진 임무를 완수하겠다는 뜻인데 지키지 못하면 죽어도 좋다는 의미를 담고 있어. 승패를 장담할 수 없는 전장에 나가면서 군령장을 쓴다는 건 주공에게 자신이 반드시 이기겠다는 강력한 의지를 보여주는 의미이기도 해.

"뭘 믿고 큰소리를 치는가?"

"하여튼 사흘 안으로 만들어 온다고 하면서 저에게도 말을 하지 않았습니다."

"하여간 두고 봅시다."

노숙은 주유에게 알리지 않고 빠른 배 스무 척과 군사를 마련했다. 그리고 배에 풀 더미를 쌓아 놓고 제갈공명의 지시를 기다렸다. 하지만 제갈공명은 첫날도 움직이지 않고, 이튿날도 움직이지 않았다. 사흘째가 되자 이윽고 노숙을 불렀다.

"이제 화살을 가지러 갑시다."

"무슨 말이오? 어디로 화살을 가지러 간단 말입니까?"

"따라오면 알게 됩니다."

제갈공명이 군사들에게 명령했다.

"배 스무 척을 긴 밧줄로 붙잡아 묶어라."

마치 기차처럼 스무 척의 배가 일렬로 묶였다.

"북쪽으로 가자."

강은 온통 안개가 자욱했다. 코앞에 있는 사람의 얼굴을 알아볼 수 없을 만큼 짙은 물안개였다. 스무 척의 배가 앞으로 나아갈수록 안개가 더욱 짙어졌다. 안개를 뚫고 나가자 새벽이 밝아 왔다. 제갈공명은 군사들에게 일러 뱃머리는 서쪽으로 두고 꼬리를 동쪽으로 향하게 하여 일자로 늘어서게 했다. 조조의 진영 앞에서 사정거리 안에 든 채 배 스무 척이 늘어선 셈이다.

"북을 치고 함성을 질러라!"

제갈공명의 명에 노숙이 걱정스러워했다.

"조조 군이 쏟아져 나오면 어쩌려고요?"

"아무리 용맹한 조조 군이라 해도 이런 짙은 안개 속에 무슨 일을 당하려고 쏟아져 나오겠소? 우리는 술이나 마시다 안개가 걷히면 돌아갑시다."

마침내 북과 징을 쳐 대자, 조조의 수채에서 깜짝 놀란 군사들이 난리를 쳤다.

"강동 군사들이 쳐들어왔습니다!"

보고를 받은 조조가 말했다.

"경솔하게 움직이지 마라! 지금 앞이 안 보인다. 적이 가까이 오지 못하게 궁노수들에게 일제히 활을 쏘게 하라."

급히 불려 온 궁노수들이 강변으로 활을 쏘기 시작했다. 일만 명의 군사가 일제히 강동의 쾌선을 향해 화살을 날렸다. 그야말로 화살이 비오듯 쏟아졌다. 제갈공명이 탄 배에도 화살이 날아와 꽂히는 소리가 들렸다. 풀 더미 덕에 군사들은 아무도 다치지 않았다. 그들은 그저 쉴 새 없이 북을 울리고 함성을 질렀다.

얼마나 지났을까. 해가 떠오르자 안개가 서서히 걷혔다. 스무 척의 배에 고슴도치처럼 화살이 온통 빈틈없이 꽂혔다.

"어서 돌아가자!"

제갈공명이 쾌속선을 거두어 돌아가며 군사들에게 명령했다.

"승상에게 화살을 주어 고맙다고 외쳐라!"

수백 명의 군사들이 소리 높여 외쳤다.

"화살을 주어 고맙소이다, 승상!"

뒤늦게 제갈공명의 계략임을 알고 조조가 추격선을 보냈지만 쾌선 스무 척은 이미 멀리 도망간 뒤였다.

제갈공명이 노숙에게 말했다.

"배 한 척에 화살이 오륙천 개씩은 꽂혔을 것이오. 힘 들이지 않고 화살 십만 대를 구했소. 내일 이 화살을 저들에게 돌려줄 것이오."

노숙은 놀라서 벌어진 입을 다물지 못했다.

"와룡 선생은 신이십니다. 오늘 짙은 안개가 끼리라는 것은 어찌 아셨소이까?"

"나는 어려서부터 늘 천문을 관찰했소. 지리와 천문을 모르면서 어찌

음양의 도를 깨우칠 것이며, 진도를 못 보면서 어찌 군사를 이끌겠소? 나는 이미 사흘 전에 안개가 낄 것을 알았고, 그 때문에 사흘을 달라고 한 것이오. 주 도독이 내가 약속을 지키지 못하면 내 목을 베려 한다는 것쯤은 알고 있소. 하늘이 내 목숨을 지켜 주는데 어찌 주 도독 따위가 감히 내 목숨을 노린단 말이오?"

노숙은 그 자리에서 제갈공명에게 절을 올렸다.

그들이 진지로 돌아왔을 때 오백 명의 군사가 화살을 운반하려 기다리고 있었다.

"화살을 모두 가져가도록 하여라. 십만 대가 넘을 것이야."[†]

노숙이 돌아가 이런 사실을 보고하자 주유는 더욱 크게 놀랐다.

"아, 제갈공명의 신기묘산은 내가 도저히 따를 수 없구나."

비로소 주유는 제갈공명에게 도전하려던 마음을 접었다. 주유가 칭찬을 아끼지 않으며 제갈공명에게 말했다.

"선생의 놀랍고 기이한 계책은 따를 수가 없습니다."

"하하, 그만한 것을 가지고 어찌 기이하다 하십니까?"

"한 가지 여쭙겠소. 주공께서 속히 병사들을 내보내 싸우라 하는데 계책이 없습니다. 가르침을 주십시오."

제갈공명이 겸손하게 말했다.

"나는 재주가 없습니다. 어찌 내게 꾀가 있다 하십니까?"

그러자 주유가 좀 더 가까이 다가와 물었다.

"내가 조조의 수채를 직접 가서 보았소. 군사며 배들이 공격하기 힘들게 질서정연했지만 한 가지 꾀가 떠올랐소. 그런데 이것이 적절한지 아닌지 알 수가 없어 결단을 못 내리고 있소. 혹시 선생께서도 꾀가 있으실 듯합니다."

"좋소. 그럼 먼저 말하지 말고 각자 손바닥에 써서 뜻이 같은지 한번 봅시다."

"좋습니다!"

주유가 붓에 먹을 적셔 손바닥에 글자를 썼다. 제갈공명도 가만히 손바닥에 글씨를 썼다. 두 사람이 가까이 앉아 동시에 손바닥을 내밀었다. 두 사람의 손바닥에 똑같이 '불 화(火)' 자가 쓰여 있었다.

주유가 웃으며 말했다.

"하하하, 우리 둘의 의견이 같구려."

"비밀로 하여 누설하지 않도록 하겠습니다. 조조는 지금 두 번이나 우리 꾀에 속아 넘어갔지만 방비를 하지 않고 있습니다. 마음껏 하셔도 될 듯합니다."

그렇게 해서 화공은 두 사람만 아는 작전이 되었다.

제갈공명이 조조에게 손쉽게 화살을 빼앗은 이 이야기는 재미를 극대화한 허구야. 엄밀히 말하면 사실에 바탕을 둔 허구라 할 수 있지. 이 이야기의 주인공이 제갈공명이 아니라 손권이었기 때문이야. 손권은 적벽대전 당시 큰 배를 타고 조조 군의 동향을 살피러 나갔어. 이를 발견한 조조 군이 비 오듯 화살을 쏘아 배가 한쪽으로 기울 정도였대. 배에 꽂힌 화살의 무게 때문이었는데 침몰 위기를 맞은 손권이 침착하게 배를 돌리라고 명했어. 그 결과 반대쪽에도 비슷하게 화살이 꽂혀 비로소 배가 중심을 잡아 무사히 돌아왔다는 믿기 힘든 기록이 있어. 손권의 일화가 재미있자 나관중이 차용해 제갈공명의 이야기로 변신시킨 거지.

8
폭풍 전야

조조는 상당히 기분이 나빴다. 본격적인 싸움을 하기도 전에 주유와 제갈공명에게 당해 웃음거리가 되었기 때문이다.

"아, 이자들을 그냥 둘 수 없다. 반드시 설욕하고 말리라!"

자존심 강한 조조가 치솟는 화를 누르고 있을 때 순유가 나서서 계책을 내놓았다.

"지금 강동에서 주유와 제갈공명이 힘을 합치고 있습니다. 쉽게 물리치기가 힘든 상황입니다. 그러니 저희도 꾀를 써야 합니다. 사람을 동오로 보내서 거짓 항복을 하게 한 뒤 우리와 내통하도록 만들어야 일이 쉬워질 듯합니다."

"누구를 보내는 것이 좋겠느냐?"

"채모가 억울하게 죽었지만 그의 일족인 채씨들이 아직 우리 진중에 있으니 그들을 보내시지요. 은혜를 베풀어 마음을 잡아 주시면 그들이 가서 거짓 항복을 해도 의심받지 않을 것입니다."

명을 받고 달려온 채모의 아우 채중과 채화가 조조의 장막으로 들어갔다. 그들은 혹시나 억울한 누명을 씌울까 싶어 걱정하던 참이었다.

조조가 그들에게 명했다.

"너희들은 중요한 임무를 맡아야 한다. 동오로 가서 거짓 항복을 해 그쪽 사람이 돼야 한다. 그곳에서 저들의 움직임을 내게 알리도록 해라. 일이 뜻대로 이루어지면 큰 상을 내릴 테니, 절대로 딴마음을 먹어서는 안 된다."

채중과 채화가 동시에 말했다.

"이를 말씀이십니까. 저희 아내와 자식들이 모두 형주에 있습니다. 저희가 어찌 딴마음을 먹겠습니까? 반드시 주유와 제갈공명을 처단하고 목을 가져오겠습니다."

채중과 채화는 배를 타고 강동으로 떠났다. 그 소식은 금세 주유에게 보고되었다.

"강북에서 배 몇 척이 투항해 왔습니다."

"누가 타고 있더냐?"

"채모의 아우 채중과 채화가 억울하다며 항복하러 왔다 합니다."

이윽고 채중과 채화가 잡혀 왔다. 두 사람은 주유 앞에 엎드려 통곡했다.

"도독, 저희 형 채모가 죄도 없이 간악한 조조에게 목이 달아났습니다. 그 역적을 반드시 저희 손으로 죽이고 싶습니다. 거두어 주시면 혼신을 다해 앞장서서 조조를 물리칠 것입니다."

주유는 채중과 채화의 처지를 이해한다는 듯 고개를 끄덕였다.

"그대들의 마음을 내가 충분히 이해한다. 큰 상을 내릴 테니 선봉에 나서서 싸워라!"

채중과 채화는 속으로 기뻐했다.

"목숨을 바치겠습니다!"

두 사람이 물러나자 주유는 감녕을 불러 일렀다.

"저자들은 거짓 항복을 했다. 가족을 데려오지 않았으니 누가 봐도 거짓 항복이다. 조조가 염탐꾼으로 보낸 것이니 저자들을 역으로 이용해 우리 기밀을 조조가 들여다보게 만들 것이야. 그러니 그대는 저자들을 잘 감시하고 대접하도록 해라."

"그러면 전투가 벌어질 때 저들을 선봉에 세울 작정이십니까?"

대개 투항한 군사들은 자신의 진심을 보이려고 맨 앞에 서서 공을 세우는 법이다. 하지만 주유는 그런 기회를 줄 마음이 없었다.

"그전에 저 두 놈의 목을 베어 제사상에 올리겠다."

조금 뒤 노숙이 찾아와 걱정스러운 얼굴로 말했다.

"도독, 채중과 채화는 분명히 거짓으로 항복한 것입니다."

그 말을 들은 주유가 인상을 썼다.

"무슨 말씀이시오? 우리 강동은 오래전부터 좋은 선비들과 장수들을 받아들였소. 자신의 형이 억울하게 죽어 찾아온 사람들을 의심하며 내친다면 어떻게 천하의 선비들이 우리를 찾아오겠소? 다시는 그런 말씀 마시오."

"아니, 그저 제 생각을 말씀드렸을 뿐이니 잘 살펴보십시오."

"내가 이미 그들을 신임했소이다. 그러니 더는 이러니저러니 토를 달지 마시오."

주유에게 말도 못 붙인 노숙이 제갈공명을 찾아가 억울한 심정을 털어놓았다. 하지만 제갈공명은 빙그레 웃기만 할 뿐 말이 없었다.

답답한 노숙이 물었다.

"아니, 선생은 왜 웃기만 하십니까? 가짜 첩자들이 우리 진중에 들어왔는데 말입니다."

"허허, 미안하오. 주 도독이 이미 작전을 짜고 가짜 계략을 쓰는 것을 공은 어찌 모른단 말이오? 조조가 염탐꾼을 보냈는데 주 도독이 이를 알면서도 장계취계†하여 역이용하는 것 아닙니까. 주 도독의 계책이 맞으니 그저 지켜봅시다."

"그게 정말입니까?"

"내 말이 맞습니다."

장계취계(將計就計)는 상대방의 계략을 미리 알아채고 그것을 역이용하는 계략을 말해. 그러려면 상대방의 계략을 정확히 꿰뚫는 눈이 있어야 하겠지. 상대방의 의도를 알아야 그에 맞는 계책을 세워 승리할 수 있기 때문이야.

노숙은 그제야 주유가 왜 자신에게 성질을 내며 분노했는지 알 것 같았다.

하루는 주유가 혼자 장막 안에 있는데 황개가 대뜸 찾아와 따지고 들었다.

"왜 화공을 하지 않으십니까? 저자들을 불 질러 모조리 태워 버려야 합니다. 우리가 오래 끌수록 불리하지 않습니까?"

주유는 깜짝 놀랐다.

"쉿, 조용히 하시오! 그나저나 그런 얘기는 어디서 들었소? 제갈공명이 그럽디까?"

"당치 않습니다. 이건 순전히 내 의견입니다. 다른 사람이 알려 줄 성질의 것이 아니지 않습니까?"

"하긴……. 사실 나도 같은 생각이오. 그래서 채중과 채화가 거짓 항복한 걸 알지만 그들을 이용해 우리 소식을 조조에게 알리려는 건데, 그러려면 적에게 거짓 항복해 그쪽에서 일을 진행할 믿을 만한 사람이 필요하오."

그제야 황개가 고개를 끄덕였다.

"도독께선 역시 현명하십니다. 혹시 그런 사람을 찾으신다면 제가 해보겠습니다."

"그건 쉬운 일이 아니오. 무지막지한 고통을 겪어야 하기 때문에 아무도 맡으려 하지 않는 일이오."

황개가 분연히 자리에서 일어났다.

"저는 손씨 집안에 큰 은혜를 입었습니다. 저를 써 주십시오."

황개의 충심에 감동받은 주유가 일어나 절을 올렸다.

"그대가 고육지책†을 행해 준다면 우리 강동으로서는 천만다행이고 나중에 성공하면 당연히 큰 상을 내릴 것이오."

"저는 죽더라도 후회가 없습니다."

다음 날 주유는 군사들을 모아 놓고 명을 내렸다.

"우리가 조조 군사들을 하루아침에 물리칠 수는 없다. 석 달 치의 식량과 마초를 나누어 줄 테니 장기전에 돌입할 준비를 하라!"

그때 황개가 나섰다.

"도독, 그게 무슨 말이오? 석 달 뒤에는 무슨 묘수라도 생긴단 말이오? 이대로 있다가는 석 달 아니라 삼 년이 지나도 조조를 물리칠 수 없소이다. 당장 쳐들어가 무찔러야 합니다. 만약 무찌르지 못한다면 차라리 항복하는 게 낫지 않소? 그렇게 하면 큰 손실을 입지 않고 백성도 구할 수 있단 말이오."

격분한 주유가 자리를 박차고 일어섰다.

"네 이놈! 내가 분명히 항복하자는 의견을 내는 자는 목을 치겠다 공표했다. 적과 맞서고

고육지책(苦肉之策)은 자기 몸을 상하게 만들면서까지 꾸며 내는 방책이야. 상대방을 속이려면 내게도 어느 정도의 희생이 따라야 하는 법이거든. 그러기 위해 자기 편 사람을 일부러 해치는 계책을 고육지책이라고 해. 사실 《손자병법》의 36계 가운데 제34계가 고육계(苦肉計)야. 이미 있는 꾀를 주유가 현실에 적용한 것이지.

있는 위중한 시국에 네놈이 군심을 흐리는구나. 여봐라, 저놈의 목을 쳐라!"

그러나 황개도 지지 않고 버텼다.

"내 일찍이 선대의 파로 장군(손견)을 모시고 동남쪽을 뛰어다니며 삼대를 모신 몸이다. 그런데 너는 그동안 무얼 했느냐?"

"당장 저놈의 목을 베지 않고 무얼 하느냐?"

이때 감녕이 나섰다.

"도독, 황개는 동오의 오래고 충직한 신하입니다. 부디 너그러이 용서하십시오!"

주유가 분을 못 참고 더욱 호통을 쳤다.

"네 어찌 여러 말을 하게 만드느냐? 먼저 감녕부터 곤장을 쳐라!"

감녕이 곤장을 맞고 내쫓기자, 다른 장수들도 나서서 주유 앞에 읍소했다.

"대도독, 살려 주십시오! 적 앞에서 쓸 만한 장수를 벌하면 군사들 사기가 떨어집니다."

주위의 만류가 거듭되자 주유가 마지못해 자리에 앉았다.

"좋다. 마땅히 황개의 목을 베어야 하지만 여러 관원들이 간청하니 살려는 주겠다. 대신 곤장 백 대를 쳐라! 어서 끌어내라!"

황개는 끌려 나가면서까지 주유에게 욕을 퍼부었다. 형리들이 달려들어 옷을 벗기고 형틀에 묶은 뒤 곤장 오십 대를 쳤다. 황개는 그대로 기절했다. 이를 본 주유가 명을 내렸다.

"네놈이 더는 나를 업신여기지 못할 것이다. 곤장 오십 대는 또 오만방자하게 굴 때 합쳐서 죄를 다스리겠다."

주유가 씩씩거리며 장막 안으로 들어가자 관원들이 황개를 부축해 나와 겨우 침상에 눕혔다. 살갗이 터져 붉은 피가 낭자하고 사지가 제멋대로 뒤틀리고 벌벌 떨렸다. 차마 눈 뜨고 볼 수 없는 참혹한 광경에 제 장들이 속상해하며 눈물지었다.

그런 상황을 지켜보고 온 노숙이 제갈공명에게 물었다.

"선생은 이런 지경을 어찌 가만 보고 계셨습니까? 왜 황개를 두둔하는 말 한마디 없었느냔 말입니다."

"어허, 그대는 왜 나를 속이려 하오?"

제갈공명의 느닷없는 말에 노숙이 펄쩍 뛰었다.

"선생, 내 선생을 만난 뒤로 단 한마디 거짓을 입에 올린 일이 없건만 어찌 그런 섭섭한 말씀을 하시오?"

"그럼 오늘 주 도독이 황개를 벌한 것이 계략임을 정말로 몰랐단 말이오?"

노숙은 깜짝 놀라 눈이 휘둥그레졌다.

"오, 그것이 계략일 줄이야 꿈에도……."

"공을 들여 계략을 꾸미는데 내가 왜 말린단 말입니까?"

그제야 노숙이 고개를 끄덕였다. 제갈공명이 말을 이었다.

"조조는 간특한 자라 고육지책을 쓰지 않고는 절대 속일 수가 없소이다. 이제 황개는 조조에게 거짓 항복을 할 것이고, 채중과 채화가 이쪽 소식을 참새가 곡식 물어 나르듯 전하게 되겠지요."

"아하, 그저 놀라울 따름입니다."

"그런데 다시는 주 도독에게 이런 이야기를 하지 마시오. 도독은 지금도 나를 미워하고 있지 않소? 가서 오히려 내가 원망하더라고 전하시오. 충신을 개 패듯 때릴 것까지야 없지 않았냐고 말이오."

제갈공명의 뜻은 노숙을 통해 주유에게 전해졌다.

노숙이 주유에게 말했다.

"황개를 왜 그렇게 심하게 다루셨습니까?"

"장수들이 무어라 하오?"

"다들 원망하며 불안해하고 있습니다. 적을 코앞에 두고 이렇게 큰 사건이 벌어졌으니 말입니다."

주유가 정말 궁금한 듯 물었다.

"제갈공명은 뭐라 합디까?"

"도독께서 너무 심했다고 조금은 원망스러워했습니다."

"하하, 드디어 제갈공명도 속았구려."

주유는 그제야 황개를 그토록 심하게 다룬 까닭을 알려 주었다. 그 말이 제갈공명의 예측에서 한 치도 벗어나지 않은 것을 보고 노숙은 속으로 다시 한 번 놀랐다. 하지만 주유에게는 아무 말도 하지 않았다.

그 시각, 몇몇 장수들이 황개의 막사를 찾아와 그를 위로했다.

"장군, 어서 쾌차하시오."

"이번 일은 주 도독께서 너무하셨소. 부디 마음을 푸시오."

하지만 황개는 말없이 한숨만 토해 냈다. 장수들이 돌아간 뒤 참모 감택†이 찾아왔다. 황개가 반갑게 맞자 감택이 물었다.

"황 장군, 도독에게 무슨 원한을 지셨습니까?"

"그런 일 없소이다."

"그렇다면 오늘 매를 맞은 것은 고육지책이지요?"

황개는 화들짝 놀랐다.

"아니, 그대가 어찌 알았소?"

"도독의 거동을 보고 알았습니다. 평상시와 좀 달랐지요. 그렇게 잔인한 사람이 아니지 않습니까?"

"맞소. 내가 삼대에 걸쳐 오씨 집안에 큰 은혜를 입었으니 이렇게라도 조조를 물리칠 수 있다면 얼마나 좋겠소? 믿을 만한 심복이 없다 하셔서 내가 감히 그 도구로 이용되기를 자청했소이다. 그대는 믿을 만한 신하니 내가 그대에게 부탁하겠소."

감택은 미리 알았다는 듯이 말했다.

"조조에게 편지를 전하라는 것이지요?"

"허허, 그렇소이다."

감택은 황개와의 약속을 지키기로 마음먹었다. 황개가 감사를 표하자 감택이 말했다.

"즉시 떠나겠습니다."

황개는 미리 써 놓은 항서를 감택에게 건네주었다.

감택은 동오의 문신이야. 집안이 가난했으나 학문을 좋아했고 남의 책을 빌려 읽어도 한 번만 읽으면 잊어버리는 일이 없었다고 해. 언변이 좋은 데다 담력이 강하고 결단력을 갖춰 손권이 참모로 크게 썼지. 특히 황개와는 서로 충성심이 통해 가깝게 지냈어.

정사에는 감택이 황개와 짜고 거짓 항복 문서를 보낸 일과 나중에 육손을 추천한 일 등이 보이지 않아. 다만 훗날 손권이 황제에 오르자 그를 상서로 삼고 나중에 중서령으로 높이고 시중 벼슬을 더해 준 선비로 나오기는 해. 이렇게 충성스러운 사람이기에 큰 임무를 맡는 스토리를 만들기에 용이했던 것 같아.

그날 밤 감택은 삼경쯤 되어 조조의 수채에 도착했다. 순찰 중이던 군사가 즉시 체포해 조조에게 끌고 갔다.

"어떤 자가 왔다는 것이냐? 염탐꾼이 아니란 말이냐?"

"어부처럼 생겼는데 자기가 동오의 감택이라 했습니다. 승상을 뵙고 싶다고 합니다."

"들여보내라."

조금 뒤 감택이 끌려 들어왔다. 조조는 장막 안에서 꼿꼿이 앉은 채 그를 맞았다.

"동오의 참모라는 놈이 무슨 일로 나를 찾아왔느냐?"

조조의 냉랭한 반응을 느낀 감택이 허탈한 듯 말했다.

"내가 듣기로 조 승상은 어진 이를 찾고 사방에서 선비를 구한다 하던데, 이제 보니 몽땅 헛소리였네. 슬프도다! 황개, 이 사람아! 자네가 사람을 잘못 봤네그려."

자조적인 감택의 말을 듣고 조조가 물었다.

"내 이제 동오와 목숨 걸고 싸우려 하는데 동오에서 사람이 왔으니 어찌 의심이 가지 않겠느냐? 하고 싶은 말을 해봐라."

감택이 주위를 물리친 뒤 은밀히 말했다.

"황개의 서신을 가져왔소이다. 황개가 지금 지독하게 억울한 일을 당해 승상께 항복해 원수를 갚고 싶다고 합니다. 승상께서 우리를 받아들일 수 있겠습니까?"

"항서를 보자."

조조는 항서를 등잔불 아래 펼쳤다.

승상께 아룁니다.

저는 오래도록 손씨 집안의 은혜를 입은 사람입니다. 손씨에게는 딴마음을 먹을 수 없는 의리로 뭉친 사람이며 동오를 누구보다도 사랑하는 사람입니다.

그런데 오늘날 승상께서 백만 대군을 이끌고 오니 동오의 운명이 바람 앞의 등불이 되었습니다. 그런데도 무모한 주유가 제갈공명을 앞세워 승상에 맞서겠다 하니 어린애 같은 자의 위험한 생각이 아닐 수 없습니다. 달걀로 바위를 치면 안 된다 했더니 자신의 위엄을 내보이려 부하들이 보는 앞에서 저에게 곤장을 쳤습니다.

동오에 삼대를 섬겨 온 저에게 이런 모욕은 없습니다. 이 원한을 억누를 길이 없어 고민하다 사람을 귀하게 여긴다는 승상께 귀순하기로 마음먹었습니다. 수하들을 이끌고 항복하고 싶습니다. 치욕을 씻고 싶습니다.

조조는 황개의 항서를 읽고 또 읽었다. 그러다 막판에 주먹으로 탁자를 후려치며 소리를 질렀다.

"저자를 당장 끌어다 목을 베라! 거짓 항서다!"

그러나 감택은 눈 하나 깜짝하지 않고 고개를 젖히고 웃었다.

"하하하, 역시 조조는 간웅이로구나."

"네 이놈, 네놈들의 간사한 꾀를 내가 모를 줄 알았더냐? 네놈은 뭐가 좋다고 웃는 게냐?"

"그대가 한심해서 웃은 게 아니다. 황개가 복이 없는 자라 한심해서 웃었을 뿐이다. 어서 죽여라. 잔말이 너무 많다."

"이놈아, 나는 병서란 병서는 다 읽었다. 계교나 간사한 속임수는 척 보면 아는 사람이야. 나를 속일 순 없다."

"도대체 우리가 어찌하여 가짜라는 것이냐?"

"항서에 날짜가 없지 않느냐? 거사할 날짜를 밝혀야 내가 네놈들을 받든지 말든지 할 것 아니냐! 날짜도 없는 거짓 항서를 보내 미혹하는 것을 내가 모를 줄 알았더냐?"

"으하하하!"

감택이 다시 고개를 젖히고 웃었다.

"그러고도 수많은 병서를 읽었다는 것이냐? 어서 군사를 거둬 북으로 돌아가라. 이대로 싸우면 주유에게 사로잡힐 것이다. 이 무식한 자여, 내가 네 손에 죽는 게 원통하고 분통하도다."

감택의 당당한 태도는 조조의 자존심을 건드렸다. 조조는 학식이나 문장, 글이나 공부로는 누구한테도 뒤지지 않는다고 자처했다.

"내가 뭘 모른다는 것이냐?"

"어진 선비를 예의로 다루지 않는데 여러 말 해 무엇 하리오. 어서 죽여라!"

"사리에 맞게 말을 해봐라. 말이 되면 내가 받아들이겠다."

"그대는 주인을 배반하고 도적질하는 데에는 날짜를 정할 수 없다는 말도 못 들었는가? 날짜를 정했다가 지키지 못할 수도 있고, 날짜에 연연하다 일을 그르칠 수 있는 것이다. 기회를 보아 하는 일인데 어찌 날짜를 정하지 않았다고 탓하는가? 이런 이치도 모르고 사람을 죽이려고만 들다니, 참으로 무식하도다."

감택의 말이 맞았다. 적진에서 빠져나와 항복을 하더라도 상황을 봐서 해야 할 일이 아니던가. 감택의 논리에 설득된 조조는 얼굴빛을 고치고 내려와 사과했다.

"내가 사리에 어두웠소. 용서하시오."

조조는 말투부터 바뀌었다. 감택도 비로소 예를 갖췄다.

"내가 황개와 함께 항복하려는 것은 살길을 찾는 것이며 한나라 황실에 충신이 되고자 함입니다. 어찌 거짓을 고하겠습니까."

"좋소. 공을 세워만 준다면 그대들의 벼슬은 남들보다 더 높이 올라갈 것이오."

"우리의 마음을 욕보이지 마십시오. 우리는 벼슬 따위를 바라고 이러는 것이 아닙니다. 하늘을 위해서이고 조정을 위해서이고 무엇보다 동오의 백성들이 처참히 짓밟힐 것을 두려워하기 때문입니다."

감택이 열변을 토하는데 전령이 조조에게 밀서 한 통을 전했다. 채중과 채화가 보낸 밀서였다. 조조는 밀서를 읽는 동안 완연하게 얼굴에 화색이 돌았다. 황개가 주유에게 벌을 받았다는 것을 알려 주는 밀서임을 보지 않고도 짐작할 수 있었다.

밀서를 읽고 난 조조가 감택에게 말했다.

"그대는 동오로 돌아가서 황개와 거사를 정한 후 나에게 소식을 주시오. 그러면 내가 그대들을 맞이하러 가겠소이다."

"저는 이미 도망쳐 나왔기 때문에 다시 돌아갈 수 없습니다. 다른 사람을 보내 주십시오."

"다른 사람을 보내면 비밀이 새어 나가오. 꼭 선생이 가야겠소."

감택이 잠시 뜸들이다 말했다.

"좋습니다. 가야 한다면 내가 빠져나온 줄 모르는 지금 돌아가야만 합니다."

감택이 일어나자 조조가 황금과 비단을 내렸다. 그러나 감택은 아무것도 받지 않고 돌아갔다. 조조는 더욱더 감택을 믿게 되었다.

조조에게 밀서를 전하고 온 감택에게 이야기를 들은 황개는 간담이 서늘했다.

"그대가 담력이 없는 사람이었다면 일을 그르칠 뻔했소. 그대의 담력으로 성사시킨 게요."

"과찬이시오."

"아, 담력만이 아니지. 언변이 따르지 않았다면 그 또한 일의 성사를 장담할 수 없었겠구려."

"장군, 어찌 이리 띄우시오. 그나저나 채중과 채화가 무슨 꿍꿍이속인지 살펴봐야겠소."

감택은 황개의 막사에서 물러나 감녕의 영채로 갔다.

감택이 감녕에게 말했다.

"장군께서 어제 황 장군을 도우려다 도독에게 욕을 보신 게 분하고 민망했소이다."

감녕이 대답은 않고 가만히 웃었다. 그때 채중과 채화가 장막 안으로 들어왔다. 감택이 눈으로 신호를 보내자 감녕이 분한 듯 화를 냈다.

"그 오만방자한 주유 때문에 내가 모욕을 당했소. 부하들 앞에서 꼴이 그게 뭐요? 칼이 있었다면 죽고 싶은 심정이었소."

주먹을 내리치며 분을 못 삭이듯 행동하자 감택이 감녕에게 귀엣말을 했다. 그러자 감녕이 긴 한숨을 토했다. 채중과 채화는 그들이 불평불만이 크다는 것을 알고 은밀히 말을 건넸다.

"두 분께서 어인 불평에 웬 고민이시오?"

감택이 말했다.

"그대들이 우리 속을 어찌 알겠는가?"

채화가 달래듯 말했다.

"우리가 어찌 모르겠소. 좋은 계책이 있는데 들어 보시겠소?"

"계책? 무슨 계책이오?"

"혹시 동오를 버리고 조 승상에게 투항하시는 건 어떻소?"

"뭐라고?"

감택이 깜짝 놀라고 감녕은 어느새 칼을 빼들었다.

"이놈들, 너희들은 우리 마음을 알았으니 죽일 수밖에 없다."

감녕이 칼을 휘두르려 하자 채화가 뒤로 물러서며 말했다.

"어허, 걱정 마시오. 우리도 심중을 말씀드리겠소."

"너희들이 무슨 심중이 있다는 것이냐?"

"사실 우리는 그동안 조 승상의 분부를 받아 왔소. 거짓으로 투항해 동오의 소식을 조 승상에게 전하고 있는데, 만일 장군이 귀순하겠다면 우리가 주선하겠소."

"그 말이 사실이오?"

감녕이 의심의 눈초리로 묻자 채중이 결연히 대답했다.

"거짓이 아닙니다. 목을 걸고 맹세하오. 황 장군의 일도 벌써 조 승상에게 보고했소이다."

"아, 그 말이 진정이라면 나에게는 하늘이 준 기회요."

감녕의 말에 감택도 속내를 털어놓았다.

"나도 황 장군의 항서를 조 승상에게 전하고, 이번에는 감 장군에게 항복하자고 권하려던 참이었소."

감녕이 말했다.

"고맙소이다. 대장부가 세상에 나서 주인을 만났으니 마음을 기울여 섬기는 것은 마땅한 일이오. 어서 조 승상에게 항복하고 싶소."

그리하여 네 사람은 술을 마시면서 거사를 꾀했다. 채중과 채화는 곧바로 동오의 대장인 감녕도 함께 내응하기로 했다는 소식을 조조에게 알렸다. 감택 또한 편지를 써서 조조에게 보냈다.

조 승상께 올립니다.

황개가 떠나려 하지만 아직 몸이 회복되지 않아 언제 갈 수 있을지 알 수가 없습니다. 추후에 뱃머리에 푸른색 대장기를 꽂은 배가 가거든 황개가 가는 줄 알고 받아들여 주십시오.

거의 동시에 밀서 두 통이 도착하자 조조는 의구심이 들었다.

"일이 공교롭게 너무 잘 맞아 들어가는구나. 조짐이 좋지 않아, 조짐이. 혹시 동오에 들어가 상황을 염탐할 자가 없겠느냐?"

장간이 앞으로 나섰다. 지난번에 주유를 만나러 갔을 때는 계략에 빠져 애꿎은 채모와 장윤만 죽이는 결과를 낳은 터라 씁쓸해하던 차였다.

"제가 다녀오겠습니다. 한 번 더 기회를 주시면 이번에는 제대로 공을 세우겠습니다."

"옳거니! 장간, 다시는 실수 없도록 하라!"

장간은 곧장 채비를 하고 배에 올라 동오의 수채를 향해 나아갔다.

장간이 다시 왔다는 보고를 들은 주유는 무척 기뻐했다.

"드디어 이자가 나를 도와주러 왔구나!"

주유는 노숙을 불렀다.

"얼른 방사원을 불러 나를 위해 일을 해 달라고 전하시오."

양양 사람인 방사원은 본명이 방통이다. 난리를 피해 강동으로 왔는데 노숙이 그를 주유에게 천거했다. 방통이 아직 주유를 찾아가지 못한 상태에서 주유가 노숙을 통해 그에게 물은 적이 있었다.

"어떻게 하면 조조를 쳐부수겠습니까?"

그때 방통은 화공을 하되 배들을 한데 붙들어 맬 수 있게 연환계†를 쓰라고 말했다. 노숙이 방통의 말을 주유에게 전했고, 주유는 그

연환계(連環計)는 말 그대로 고리를 잇는 계책으로, 여러 가지 계책을 교묘하게 연결하는 것을 말해. 적에게 첩자를 보내 계교를 꾸미고 그 사이 자신은 승리를 얻을 목적으로 쓰이지. 적의 병력이 강대해 무리하게 싸울 수 없을 때에는 전략을 짜서 적이 견제하게 하여 역량을 약화시켜야 해.

신묘한 계책에 감동받아 이렇게 말했다.

"그 계책을 실행할 사람은 방통밖에 없도다."

주유는 방통에게 밀명을 내린 뒤 장간을 만났다. 장간이 다가와 예를 갖추자 다짜고짜 고함부터 질렀다.

"자네는 어쩜 그렇게 나를 속일 수 있단 말인가? 그러고도 친구란 말인가?"

장간은 당황해 얼떨떨했다.

"무슨 말인가? 나는 자네에게 속내를 털어놓으러 왔을 뿐이네. 자네는 내 형제나 다름없지 않은가?"

"자네가 나를 설득해 항복하라고 하려는 모양인데 말도 안 되네. 지난번에 왔을 때도 서신을 훔쳐 가고 술 취한 나에게서 군사 기밀을 빼가지 않았던가? 당장 죽여야 속이 시원할 테지만 옛정을 생각해 살려주겠네. 이제 나는 곧 조조를 쳐서 죽일 것이니 이대로 자네를 죽일 수도, 돌려보낼 수도 없네."

말을 마친 주유가 부하들에게 명령했다.

"여봐라! 이 친구를 편안하게 모시도록 해라."

장간은 말 한마디 못 하고 그대로 주유의 진영에 갇히고 말았다. 하지만 장간은 이것이 주유의 계략이라는 것을 꿈에도 몰랐다.

장간은 산속의 작은 암자로 끌려갔다. 군사 둘이 지키긴 했지만 감시가 허술한 편이었다.

"이거 참, 난감하네."

하루는 장간이 암자에서 멀리 가지 못하고 정자 부근을 산책하다 불빛이 새어나오는 자그마한 오두막을 발견했다. 호기심에 이끌려 오두막까지 가서 방안을 엿보았다. 그런데 뜻하지 않게 한 선비가 '손자병법'을 외고 있는 것이 아닌가.

"계십니까?"

"뉘시오?"

문을 열고 나온 선비는 한눈에 보아도 범상치 않은 얼굴이었다. 딱히 잘생긴 얼굴은 아닌데 눈빛이 반짝이는 데다가 범접하지 못할 위엄이 풍겼다.

"저는 장간이라 합니다. 주유의 어릴 적 친구지요."

장간의 말에 선비도 자신의 이름을 밝혔다.

"내 성은 방이고 이름은 통이오."

장간은 깜짝 놀랐다. '방통'†이라면 어지간한 사람은 다 아는 유명한 선비였기 때문이다.

"그렇다면 봉추 선생이십니까?"

"그렇소."

와룡과 봉추가 쌍벽이라 했는데 그 봉추가 바로 방통이었다.

"선생의 이름은 이미 오래전부터 들었습니다. 어찌 귀하게 쓰이지 않고 이런 외딴곳에

방통은 유비의 주요 모사 중 한 사람이야. 호는 봉추, 자는 사원이며 제갈공명과 어깨를 나란히 했어. 적벽대전 중 조조를 속여 배와 배를 쇠사슬로 잇는 연환계(連環計)를 바친 덕분에 조조 군이 화공을 당해 막대한 손실을 입게 되지. 나중에 유비에게 귀순했는데 방통을 유비에게 천거한 사람은 사마휘야. 20세 무렵 방통은 사마휘가 인재를 잘 알아본다는 말을 듣고 그를 찾아가 가르침을 구한 적이 있대. 두 사람은 앉은 자리에서 밤새도록 고서부터 천하의 정세까지 두루 대화를 나누었는데 서로 일치하는 의견이 많았다고 해. 그러자 사마휘가 당시 젊은이 가운데 방통이 가장 뛰어나다고 칭찬해 명성을 얻었지. 사마휘는 방통과 제갈공명이 세상으로 나갈 거라 여겨 봉추와 와룡으로 불렀고 그대로 이루어졌어.

계십니까?"

"허허, 부끄럽소. 주유가 자기 재주가 좋다고 남의 말을 귓등으로도 안 듣는 바람에 잠시 숨어 있소이다."

이야기를 나누며 장간은 생각했다.

'애초의 목적을 이루긴 틀렸고, 방통이라도 회유해 조조에게 데려가야겠군.'

장간이 넌지시 물었다.

"혹시 조 승상에게 가신다면 제가 모시겠습니다."

방통은 잠시 고개를 끄덕이다 말했다.

"나는 이미 강동을 떠나려 한 지 오래됐소. 지체하면 주유에게 목숨을 잃을 테니 얼른 이곳을 떠나는 게 좋겠소이다."

"그럼 서둘러 떠날 채비를 하시지요."

방통과 장간은 몰래 산을 넘어 강으로 내려왔다. 강기슭에 이르러 장간이 타고 온 배를 타고 강북으로 부지런히 노를 저어 나갔다.

"뭐라? 방통이 날 찾아왔다고?"

조조에게는 놀라운 경사였다. 자신을 괴롭히는 제갈공명과 쌍벽을 이룬다는 방통이 제 발로 찾아왔으니 이 어찌 고마운 일이 아니겠는가. 방통을 받아들여 자리에 앉히고 조조가 물었다.

"주유가 건방져서 선생 같은 귀한 분을 높이 쓰지 않았구려. 선생의 이름은 내가 익히 들었소이다. 부족한 나에게 와 주어 고맙소. 많은 가르침을 주시오."

방통이 고개를 끄덕였다.

"승상의 용병은 법도가 대단하다 들었습니다. 제가 군사들을 구경해도 되겠습니까?"

"내 기꺼이 안내하겠소."

조조가 방통과 함께 다니며 육지와 바다의 영채와 수채들을 보여주었다. 방통은 찬찬히 둘러보고 칭찬을 아끼지 않았다.

"참으로 대단합니다. 손자[†], 오자[†]가 살아나고 사마양저[†]가 다시 와도 이렇게 진을 칠 수는 없을 것입니다."

조조가 손을 내저었다.

"그렇지 않소이다. 선생, 칭찬만 하지 말고 부족한 점을 알려 주시오. 내게 필요한 건 그거요."

"세상의 칭송이 거짓이 아니었습니다. 승상의 용병술은 대단하십니다. 그러니 주유는 반드시 멸망할 겁니다."

조조는 내심 흐뭇했다. 방통은 이것저것 묻기 시작했다.

"병사들의 건강은 어떻습니까?"

"사실 물이 맞지 않아 병에 걸린 자도 있고, 배를 타면 멀미와 구토를 하느라 제대로 싸울

손자는 보통 손무 또는 손무의 후예 손빈에 대한 경칭이야. 손무는 춘추 시대 제나라 사람이며 대군을 이끌고 초나라를 무찔렀어. 군대를 중시했는데 그의 저서 《손자병법》은 중국 최초의 병서로 유명하지.

～

오자는 전국 시대의 병법 전문가 오기를 말해. 그의 책을 '오자'라고도 해. 손자의 병법과 함께 '손오병법'이라 불리기도 했어. 전쟁 준비와 용병술 등 구체적이고 실질적인 전략과 전술을 설명하고 있지.

～

사마양저는 춘추 시대 제나라의 장군으로 병법서 《사마법》《사마병법》의 저자야. 고전적인 전설의 병법가인 셈이지.

수 없는 군사도 많았소이다. 그들을 구할 좋은 방도가 없겠소?"

"승상께서 군법은 잘 아실지 모르나 부족한 게 있습니다. 바로 그들이 배에 익숙하지 않다는 점입니다."

"맞소, 나도 그게 골칫거리요. 어떻게 하면 익숙해지겠소?"

"배에 익숙해지는 것은 하루 이틀에 되는 일이 아닙니다. 차라리 배를 육지처럼 만드시지요."

방통의 말에 조조는 깜짝 놀랐다.

"배를 어찌 육지처럼 만드오?"

"큰 배에 작은 배 삼십 척이나 오십 척을 잇달아 대어 묶은 뒤 그 위에 널빤지를 까십시오. 그러면 말을 타고 달릴 수도 있고 풍랑이 일거나 조수가 드나들어도 전혀 흔들리지 않습니다."

조조가 무릎을 쳤다.

"아, 미처 그 생각을 못 했소. 그럼 군사들이 멀미와 구토를 일으키지 않고 적을 물리칠 수 있겠구려."

조조는 행동이 재빨랐다. 곧바로 대장장이들을 불러 배를 연달아 이어 놓고 못을 박아 고정시키게 했다.

방통이 다시 조조에게 일렀다.

"이제 제가 도울 거라곤 강동의 선비며 영웅들 중에 주유에게 반감을 가진 자들을 찾아가 승상에게 귀순하게 하는 것입니다. 아무도 주유를 돕지 않으면 주유는 승상에게 사로잡힐 수밖에 없습니다. 주유를 잡으면 유비는 갈 곳도 없지 않겠습니까?"

조조는 손뼉을 치며 좋아했다.

"선생께서 그렇게만 해준다면 더 바랄 게 없소이다. 그리되면 선생을 삼공의 반열에 올리겠소."

"아닙니다. 저는 결코 부귀를 얻고자 이런 말씀을 드리는 것이 아닙니다. 단지 만백성을 구하려는 것이니 강 건너 동오를 평정하더라도 불쌍한 백성들은 짓밟지 마십시오."

"난 하늘의 도를 시행하려는 자요. 어찌 백성들을 짓밟겠소? 그런 걱정일랑 붙들어 매시오."

"그렇다면 바라건대 저희 가족들을 보호해 준다는 방문을 하나 써 주십시오."

"그런 것쯤 당장 써 주겠소이다."

조조는 그 자리에서 방통의 식솔들을 보호해 준다는 방문을 써서 직접 수결까지 하여 건네주었다. 이것은 방통이 짠 일종의 고도의 심리전이었다. 자기가 가족을 걱정해 조조에게 귀순한 선비로 보여야 했기 때문이다.

"제가 선비며 영웅들을 만나러 떠나면 군사들을 진격시키십시오. 주유는 그 사실을 몰라야 합니다."

"곧 그렇게 하겠소."

조조는 동오의 군사들을 짓밟을 생각에 가슴이 설레었다. 방통은 맡은 임무를 마무리하자 황급히 빠져나가려고 강변으로 나왔다. 멋지게 조조를 사로잡았다는 생각에 방통의 발걸음이 가벼웠다. 그때 도포를 입은 자가 몰래 따라와 등 뒤에서 어깨를 덥석 붙잡았다.

"이놈, 참으로 무엄하다. 황개는 고육지책을 쓰고 감택은 거짓 항복을 하더니, 이제는 네놈이 연환계를 일러 주고 도망치려는 게냐? 너희들이 조조를 속였는지 몰라도 나는 속지 않는다!"

등 뒤에서 들려오는 추상같은 소리에 방통은 정신이 아득했다. 두려움에 떨며 고개를 돌려보니 뜻밖에도 낯익은 얼굴이었다. 웃음기를 띤 그는 다름 아닌 서서였다.

"아니, 자네 서서 아닌가?"

"이 사람, 날 알아보는군."

두 사람은 주위를 살펴보고 으슥한 곳으로 가서 이야기를 나눴다.

"여보게, 내 계책을 조조에게 알리면 강남 팔십일 주의 백성은 자네가 죽이는 걸세."

방통이 협박 겸 사정을 하자 서서도 지지 않고 맞섰다.

"그럼 여기에 있는 팔십만 군마는 어찌하라는 건가?"

"어쩔 수 없지 않나. 그럼 자네는 내 계책을 조조에게 알릴 셈인가?"

서서는 고개를 저었다.

"아닐세. 어머님을 돌아가시게 한 자가 조조인데 어찌 원수를 잊겠나. 나는 죽을 때까지 조조를 위해서는 계책을 내지 않겠다고 유 황숙께 말했다네."

"고맙네. 그리 해준다면 안심일세."

방통이 서서의 손을 잡자 서서가 말했다.

"하지만 한 가지 걱정이 있네."

"무엇이 걱정인가?"

"전쟁에서 패하면 조조가 나를 가만두지 않을 것이야. 패하는 걸 뻔히 알면서 계책을 알려 주지 않았다고 말일세. 한데 여기서 빠져나갈 수가 없으니 어쩌면 좋은가? 그 계책을 알려 주게. 그러면 내가 입 다물고 조용히 있겠네."

걱정하는 서서를 보고 방통이 웃었다.

"하하하, 자네처럼 식견과 안목이 높은 사람이 어찌 그 정도밖에 안 되는가?"

"잔말 말고 계책이나 알려 주게."

지혜란 이런 것이었다. 그 속에 들어가 있으면 멀리 보지 못하고 크게 보지 못하는 것! 장기판에서 훈수 두는 사람이 정작 당사자보다 더 잘 보는 것과 같은 이치라 하겠다.

"알았네. 귀를 이리 가까이 하게."

방통은 서서에게 귀엣말로 꾀를 주었다. 서서는 고개를 끄덕이며 그대로 하겠노라고 약속한 뒤 두 사람은 헤어졌다.

서서는 바로 영채로 돌아와 부하들에게 소문을 퍼뜨렸다. 소문은 밤새 진영에 퍼졌다. 급기야 수하 장수가 보고하는 바람에 조조도 그 내용을 알게 되었다.

"승상, 지금 떠도는 소문에 서량의 한수와 마등이 반란을 일으켜 허도로 쳐들어오고 있다고 합니다."

조조가 깜짝 놀랐다.

"그게 정말이냐? 안 그래도 내가 그자들 때문에 걱정이 많았는데 기어이 일을 저질렀구나. 어찌하면 좋겠는가?"

"아직 확인 안 된 소문일 뿐입니다."

"물론 그대로 믿을 순 없지만 미리 방비하거나 확실히 알아보는 것이 좋겠다."

때마침 옆에 있던 서서가 나섰다.

"승상, 제가 승상을 모신 뒤로 아직까지 공로다운 공로를 세우지 못했습니다. 이번 기회에 군사 삼천 명을 주시면 밤을 새워 달려가 반란군의 길목을 막겠습니다. 혹시라도 형세가 어려워지면 승상께 바로 구원군을 요청하겠습니다."

그동안 있는 둥 없는 둥 내색을 않던 서서가 적극적으로 나서자 조조의 기쁨이 배가 되었다.

"그대가 간다면 무슨 걱정이 있겠는가? 기병 삼천 명을 내줄 테니 지체하지 말고 떠나라."

서서는 방통이 일러 준 계책대로 실행해 조조의 손아귀에서 벗어날 수 있었다.

서서를 보낸 조조는 비로소 안심이 되었다. 그리고 군영을 시찰하며 전쟁 준비에 더욱 박차를 가했으니 때는 건안 13년(208) 11월 15일이었다. 한겨울이지만 날씨가 쾌청하고 바람이 없어 큰 강이 마치 잔잔한 호수와 같았다. 그날 조조는 술자리를 만들어 군사들을 위로하고 자신의 소회를 드러냈다.

"오래전에 내가 의병을 일으켜 도적들을 소탕하고 스스로 맹세한 것이 있다. 그때 천하를 평정하려 했는데 아직 못 한 곳이 바로 이곳 강동이다. 이제 나에게 백만 대군이 있으니 무엇을 못 하겠는가? 이곳만 장악하면 그대들과 평생 부귀를 누리고 태평성대를 즐기리라."

문무백관이 한꺼번에 일어나 조조에게 큰
절을 하며 말했다.

"저희도 어서 개가를 올리고 승상의 은혜
아래 여생을 편안히 보내고 싶습니다."

조조는 밤새도록 유쾌하게 떠들며 술을 마
셨다.

"주유는 심복들이 나에게 투항한 것을 모르
는구나. 이게 바로 하늘의 도움이로다."

조조는 술이 취해 갑자기 기고만장해졌다.

"유비, 제갈공명! 목을 늘이고 기다려라. 주
유, 네놈도 곧 내게 사로잡힐 것이다."

밤하늘의 달을 보자 조조는 갑자기 감상적
인 마음이 되었다.

"그 옛날 동오에 살던 교공과 내가 친했었
지. 그의 두 딸이 절세미인인데 하나는 손책의
아내가 되고, 하나는 주유의 아내가 되었다. 동
오를 멸망시키면 그 두 여인을 데려다 동작대
에서 만년을 원없이 즐기겠노라, 으하하하!"†

조조가 웃고 있을 때 까마귀가 울면서 남쪽
하늘로 날아갔다. 조조가 불길한 생각이 들어
물었다.

"까마귀가 왜 밤에 우는 것이냐?"

제갈공명이 이교(二喬)를 입에 올
려 주유가 분노한 건 속임수였어.
그런데 이 대목에서 조조가 이교
를 얻어 즐기겠다고 했지. 이는 작
자 나관중이 이야기를 짜면서 부분
부분 각색한 이야기를 합치다 보니
그렇게 된 게 분명해. 아니면 조비
가 이미 아버지 조조의 뜻을 간파
하고 〈동작대부〉를 썼는데, 적벽대
전을 앞두고 조조가 본심을 드러낸
것으로 해석할 수도 있어. 문학은
이렇게 상상의 자유가 있어.

좌우 신하들이 하나같이 좋은 징조라고 해석했다.

"달빛이 밝아 까마귀가 날이 밝은 줄 알고 우는 것 같습니다."

조조가 다시 한바탕 웃다가 창을 짚고 뱃머리에 섰다. 그리고 강물에 술을 뿌리고 시를 한 수 읊었다.

> 술잔 들고 노래하니 인생은 무상하여
>
> 아침 이슬 같구나
>
> 달이 밝고 별이 드문데
>
> 까막까치가 나무로 날아온다
>
> 나무 주변 빙빙 돌기를 세 차례 했으나
>
> 의지할 가지가 없구나
>
> 지난 세월 길고 많은 고생이 있어
>
> 마음이 강개하니
>
> 근심은 잊기 어렵도다
>
> 이 근심은 술로 풀고야 말리라

조조의 노래가 끝나자 사람들이 박수를 치며 찬탄했다.

"훌륭한 솜씨입니다."

그때 양주 자사로 있는 유복이 나섰다.

"승상, 대군이 적들과 싸워야 할 이 시점에 승상께서 어찌하여 이런 불길한 노래를 부르고 계십니까?"

유복은 오랫동안 조조를 섬기며 많은 공을 세웠다. 정치를 바로잡고 백성들을 잘 다스린 공이 있었던 것이다. 그런데 불길하다고 이야기하자 갑자기 조조의 마음이 상했다.

"무엇이 불길하단 말이냐?"

"달이 밝고 별이 드문데 까막까치가 나무로 날아온다는 내용이 불길합니다. 또한 나무를 빙빙 돌기를 세 차례 했으나 의지할 가지가 없다는 내용도 좋지 않습니다."

"네 이놈, 네가 감히 내 흥을 깨느냐!"

흥분한 조조는 들고 있던 창으로 유복의 가슴을 그대로 찔렀다. 주위에 있던 사람들이 말릴 새도 없었다. 유복은 순식간에 거꾸러져 숨을 거두었다.

다음 날 술이 깬 조조는 지난 밤 자신이 사람을 죽인 것을 못내 후회했다.

"아아, 내가 이런 실수를 하다니……."

조조는 눈물을 흘리며 유복을 삼공의 예로 성대하게 장사 지내도록 했다.

우울한 분위기를 털어 낸 조조는 전투 준비를 했다.

"승상, 배들을 모두 쇠사슬로 묶고 무기들을 빠짐없이 갖췄으니 날을 잡으십시오."

부하 장수들이 조조에게 진언했다. 조조는 중앙의 대형 전선에 올라 단상에 앉았다. 위용이 하늘을 찌르는 기병과 보병, 수군을 앞세우고 조조가 드디어 출정을 명했다.

"출정하라!"

북을 세 번 울리고 선단이 진의 문을 열고 나갔다. 배 위의 평지와 같은 곳에서 군사들은 위용을 자랑했다. 조조는 군사들이 도열한 모습을 보고 무척 즐거워했다.

"이것이야말로 반드시 이기는 전략이로다. 쇠사슬로 배들을 묶어 놓으니 강을 건너는 게 평지와 같도다."

이때 눈치 빠른 정욱이 나섰다.

"편리하긴 하옵니다만 얻는 게 있으면 잃는 게 있습니다. 저들이 화공을 쓰면 대단히 불리하니 방비책을 마련해 두십시오."

"그대가 역시 멀리 볼 줄 아는구나. 나도 그런 생각을 했다. 그러나 그것은 하나만 알고 둘은 모르는 생각이다."

곁에 있던 순유도 의견을 냈다.

"정욱의 말이 맞습니다. 어찌하여 부족하다 하십니까?"

"보아라! 화공을 쓰려면 바람이 불어야 하는데 지금은 한겨울이라 서풍과 북풍만 있다. 우리 쪽에서 적진으로 바람이 부는데 그들이 어찌 화공을 쓴단 말이냐? 불을 질렀다간 자기들이 고스란히 화마를 뒤집어쓰게 되니 걱정하지 마라. 지금이 가을이었다면 물론 내가 방책을 세웠을 것이다."

조조의 놀라운 식견에 휘하 장수들이 저마다 감탄했다.

"승상의 고견이 놀라울 따름입니다!"

그리하여 대전에 대비한 만반의 준비를 하고 있을 때 공을 세우고 싶은 두 장수가 나섰다. 원소 밑 원희의 수하에 있다 투항한 초촉과 장남이었다.

"소장들은 유주와 연주 출신이지만 누구보다 배를 능숙하게 탑니다. 작은 배 스무 척만 주시면 적진에 들어가 단숨에 깃발과 북을 빼앗아 오 겠습니다."

"강남 군사들은 물 위에서 나고 자란 놈들이라 배 다루는 솜씨가 보통 이 아니다. 그들을 상대하려면 목숨 걸고 해야 한다. 아이들 장난하듯 해 선 절대로 안 된다."

"알고 있습니다. 저희들이 만약 승상의 말씀을 어긴다면 군법에 따르 겠습니다."

"전선은 다 묶어 놓아 작은 배밖에 없는데 어찌 그것으로 싸운단 말 이냐?"

"저희들이 작은 배를 끌고 가서 반드시 공을 세우고 돌아오겠습니다. 적의 목을 베어 돌아오는지 빈손으로 돌아오는지는 두고 보시면 아실 것입니다."

조조는 나쁠 이유가 없다고 생각했다.

"좋다. 너희들에게 배 스무 척과 정예병 오백 명을 줄 테니 용감하게 싸워라!"

초촉과 장남은 공을 세울 기회를 얻어 기세가 등등해졌다.

다음 날 새벽, 북소리와 징소리가 나자 그들은 스무 척의 배를 이끌 고 강남을 향해 출발했다. 주유의 진영에서는 적진에서 북소리가 들려 오자 주유에게 보고하고 맞서 싸울 태세를 갖췄다.

이윽고 작은 배들이 몰려오자 주유가 물었다.

"누가 저들과 맞서 싸울 것인가?"

한당과 주태가 나섰다.

"저희들에게 기회를 주십시오."

두 사람은 수전에 능한 장수들이었다.

"좋다! 나가 싸워라!"

한당과 주태가 배 다섯 척을 끌고 나가 강에서 적을 맞았다. 초촉과 장남은 자신들의 용맹함을 믿고 급히 배를 몰았다. 한당이 뱃머리에 서 있는 모습을 보고 초촉은 화살을 날렸다. 한당은 아랑곳하지 않고 어느새 초촉의 배 옆구리까지 다가와 긴 창으로 번개같이 초촉을 찔러 쓰러뜨렸다.

뒤따르던 장남은 급히 노를 저어 다가왔다. 도중에 주태의 배가 가로막자 장남은 화살을 빗발치듯 쏘아 댔다. 주태는 화살을 방패로 막으며 배를 몰아 적선 가까이 다가섰다. 그 순간 주태가 느닷없이 장남의 배로 뛰어들어 긴 칼로 장남의 목을 베어 물에 처박았다. 그러고는 닥치는 대로 칼을 휘둘러 적군을 물에 던졌다.

장수를 잃은 다른 배들은 뒤돌아 도망치기 시작했다. 한당과 주태가 적선을 쫓아가자 뒤쪽에 물러서 있던 문빙의 순시선들이 달려왔다. 그러나 문빙의 배들은 수적으로 우세하면서도 날카로운 기세로 용맹스럽게 달려드는 한당과 주태의 수군을 이겨 내지 못했다. 문빙 역시 버티지 못하고 뱃머리를 돌렸다.

전투를 지켜보던 주유가 명령을 내렸다.

"너무 깊이 들어가면 돌아오지 못한다. 백기를 올리고 징을 울려 돌아오게 하라!"

한당과 주태가 신호를 받고 뱃머리를 돌렸다. 조조의 배들이 진지로 돌아가는 것을 보고 주유가 혼잣말로 중얼거렸다.

"강북의 배가 저리도 많고 조조가 간교한 꾀가 많아 앞으로 어찌 대처하면 좋을꼬."

그때 불길한 일이 일어났다. 갑자기 큰 바람이 일어 노란색 깃발의 깃대가 부러져 강물에 떨어졌다.

그것을 본 주유가 불길한 듯 말했다.

"조짐이 좋지 않다."

그런데 이번에는 세찬 바람에 옆에 있던 깃발이 펄럭이며 주유의 얼굴을 후려쳤다. 언뜻 머리에 스치는 생각과 함께 주유는 비명을 지르더니 정신을 잃고 말았다. 바야흐로 큰 싸움을 앞두고 뜻하지 않은 일이 벌어진 것이다.

주석으로 쉽게 읽는
고정욱 삼국지 4

초판 1쇄 발행 2022년 1월 7일
초판 12쇄 발행 2025년 1월 17일

엮은이 고정욱
펴낸이 이범상
펴낸곳 (주)비전비엔피 · 애플북스

기획 편집 차재호 김승희 김혜경 한윤지 박성아 신은정
디자인 김혜림 이민선
마케팅 이성호 이병준 문세희 이유빈
전자책 김희정 안상희 김낙기
관리 이다정

주소 우) 04034 서울특별시 마포구 잔다리로7길 12 (서교동)
전화 02) 338-2411 | **팩스** 02) 338-2413
홈페이지 www.visionbp.co.kr
인스타그램 www.instagram.com/visionbnp
포스트 post.naver.com/visioncorea
이메일 visioncorea@naver.com
원고투고 editor@visionbp.co.kr

등록번호 제313-2007-000012호

ISBN 979-11-90147-81-1 04820
       979-11-90147-77-4 04820 [SET]